À Séverine,

Il est des voyages qui marquent une vie, des découvertes qui éclairent un passé, et des compagnons qui rendent tout cela possible.

Séverine, je tiens à te remercier du fond du cœur pour ton aide précieuse dans la rédaction de ce livre. Ton implication sans faille dans les recherches généalogiques, ton œil avisé et ta rigueur m'ont permis d'approfondir des pans de notre histoire familiale que je n'aurais jamais imaginés explorer seul.

Tu as été bien plus qu'une compagne dans ce projet. Tu as été une partenaire de route, une confidente, et une source inépuisable de soutien. À travers les voyages sur les terres familiales, ta présence et ton enthousiasme ont transformé chaque étape en un moment riche en émotions et en découvertes.

Je mesure la patience et l'investissement que tu as consacrés à cette aventure, à la fois humaine et littéraire. Merci d'avoir supporté mes doutes, mes hésitations, et mes emballements. Ce livre n'aurait jamais vu le jour sans toi, et il porte en lui une part de tout ce que tu y as apporté.

Avec toute ma gratitude et mon amour,

Chapitre 1

La Corrèze d'Eugène Dupuy

Au début du XXe siècle, la France entre dans une période de prospérité fragile. Cependant, la Première Guerre mondiale éclate en 1914 et plonge la Corrèze, comme tout le pays, dans une ère de souffrances. Les hommes partent au front, laissant derrière eux les femmes et les enfants pour gérer les fermes et les affaires familiales. De nombreux jeunes hommes de Beaulieu sur Dordogne et des environs ne reviendront jamais. La guerre creuse une blessure profonde dans le tissu social

Après la guerre, Beaulieu et la Corrèze tout entière peinent à se relever. La prospérité d'avant-guerre est compromise, et la région reste pauvre, bien que les terres fertiles de la Dordogne continuent de produire des récoltes abondantes. La France entre dans les « Années folles ».

Avec la crise de 1929, la Corrèze, déjà économiquement fragile, est durement touchée. Les prix des produits agricoles chutent, et les petits producteurs de Beaulieu en souffrent particulièrement. Pourtant, la solidarité et les traditions locales permettent aux villageois de traverser cette période difficile. C'est également durant cette période que les premiers projets d'infrastructures touristiques sont imaginés, avec l'idée de valoriser les paysages de la Dordogne et l'architecture médiévale de Beaulieu sur Dordogne.

C'est dans ce contexte qu'Eugène naquit le 4 août 1933. Son père Raymond Dupuy, agriculteur, fils d'agriculteur, avait épousé Sophie Gaudoux d'Altillac. Avant de rencontrer Raymond, Sophie avait eu un petit garçon, Maurice, que Raymond accepta de reconnaitre. Ensemble, ils eurent deux autres enfants, Eugène et Michel, le dernier de la fratrie. Ils habitaient tous les 5 dans une misérable petite grange isolée à Gandalat, un lieu-dit de la commune de Sioniac, au cœur de la Corrèze, à la frontière du Lot-et-Garonne. L'unique pièce à vivre, trois fois plus petite que l'étable où s'entassaient trois vaches, cinq chèvres et quelques poules, servait de refuge contre les rigueurs de l'hiver. La chaleur émanait d'un vieux four à pain, alimentée par le bois produit dans les forêts environnantes.

La ville la plus proche était Beaulieu-sur-Dordogne, qui, dans les années 1930, était rythmée par les saisons et les activités agricoles. À cette époque, la commune comptait environ 1 200 habitants, répartis entre le bourg et les hameaux environnants. L'agriculture constituait l'activité principale des habitants de Beaulieu-sur-Dordogne. On cultivait surtout des céréales (blé, seigle, avoine), des pommes de terre et des légumes. L'élevage, avec des vaches, des moutons, des chèvres et des porcs, jouait également un rôle important. Les produits agricoles étaient vendus au marché local ou aux coopératives agricoles. L'artisanat était présent, où l'on trouvait des forgerons, des menuisiers, des charrons, des boulangers, des bouchers et des épiciers. Ces artisans fabriquaient les outils et les produits nécessaires à la vie quotidienne. En revanche, le commerce était peu développé ; quelques magasins existaient dans le bourg, mais la plupart des habitants faisaient leurs courses au marché local. La vie sociale y était riche. Les habitants se réunissaient pour les fêtes religieuses, les bals populaires et les concours de pétanque. Plusieurs associations, comme la fanfare et le club de théâtre, animaient la communauté. L'éducation était obligatoire pour les enfants de 6 à 14 ans, et une école primaire était présente. Ceux qui souhaitaient poursuivre leurs études devaient se rendre au collège de Brive-la-Gaillarde.

La santé représentait une souffrance majeure dans les années 1930. Il n'y avait pas de médecin à Beaulieu-sur-Dordogne, et en cas de maladie grave, les habitants devaient se rendre chez le médecin de Brive-la-Gaillarde. Les loisirs étaient simples : les habitants aimaient se promener dans la nature, pêcher dans la Dordogne et jouer aux cartes.

La vie en Corrèze dans les années 1930 était dure mais simple. Les habitants s'établissaient en harmonie avec la nature et faisaient preuve de solidarité. Cette période, marquée par la crise économique, était aussi empreinte d'espoir pour un avenir meilleur.

La grange dans laquelle Eugène grandit surplombait les vallées environnantes. Le matin, en été, la brume générée par la Dordogne, qui serpentait au fond de la vallée, donnait l'impression que la maison flottait sur une colline entourée de nuages. Au sud, une fois la brume levée, on apercevait le château de Castelnau-Bretenoux. Perché sur un éperon rocheux dominant la vallée de la Dordogne, ce château est une imposante forteresse médiévale, emblématique du département du Lot en région Occitanie. C'est l'un des châteaux forts les plus visités de la région, véritable joyau du patrimoine français.

Le château de Castelnau-Bretenoux est situé au cœur du Parc naturel régional des Causses du Quercy, un territoire préservé aux paysages spectaculaires. Les vallées environnantes, verdoyantes et pittoresques.

Dès son plus jeune âge, Eugène arpentait le chemin de l'école, situé à 4 km, chaussé de galoches rembourrées de paille pour braver le froid mordant de l'hiver. Avec ses frères, il s'adonnait à des jeux innocents, parfois teintés d'une touche de malice. Leur arme préférée était un lance-pierre artisanal, avec lequel, ils visaient les ampoules des poteaux électriques, plongeant le village dans une obscurité passagère.

À l'âge de sept ans, la guerre éclata. Pour subvenir aux besoins de la famille, Eugène et ses frères connurent un destin commun : celui de garçons de ferme. Placés par leurs parents pour aider la famille et se nourrir, ils travaillaient sans relâche, leurs petites mains calleuses maniant les outils avec une dextérité surprenante. À force de labeur, Eugène se bâtit un physique hors du commun, ses muscles sculptés par l'effort. Pourtant, il ne touchait jamais un sou pour son travail, ses gains étant entièrement reversés à la famille.

En 1939 la guerre éclata sans que la famille Dupuy fût impactée. En 1940, même si les restrictions de la guerre se faisaient ressentir, ils ne subissaient pas l'humiliation de l'envahisseur resté au nord de la ligne de démarcation. Avec ses deux frères, Marcel jouait aux fléchettes sur une affiche du maréchal Pétain, que beaucoup dans la région considérait comme un traitre à la nation.

En 1942, en représailles au débarquement des alliés en Afrique, les troupes allemandes envahirent la région, restée libre jusqu'alors. Comme l'ensemble de la France, la région de Beaulieu-sur-Dordogne, en Corrèze et dans le Lot, fut occupée par les Allemands pendant la Seconde Guerre mondiale. Dès les premiers jours de l'occupation, des réseaux de résistance se constituèrent pour lutter contre l'occupant et ses collaborateurs.

Les principaux réseaux de résistance de la région étaient :

- **Le réseau "Honneur et Patrie"** : Fondé par le colonel Georges Guibaud, c'était l'un des plus importants en Corrèze, actif dans le renseignement, le sabotage et l'aide aux évadés.
- **Le réseau "Zorro"** : Créé par Jean Zay, ancien ministre de l'Éducation nationale, il était déployé dans le Lot, spécialisé dans le renseignement et l'aide aux familles des résistants.
- **Le réseau "Coq Gaulois"** : Dirigé par Henri Fretet, il était actif dans les trois départements, se spécialisant dans le sabotage des voies ferrées et des lignes électriques.

Les résistants de la région menèrent de nombreuses actions contre l'occupant, notamment, des sabotages d'usines et de voies ferrées, des attaques contre des convois allemands, des distributions d'armes et de munitions aux maquis, des renseignements sur les mouvements de troupes allemandes, de l'aide aux évadés et aux familles des résistants.

La répression allemande fut sévère. De nombreux résistants furent arrêtés, torturés et fusillés. Malgré les risques, les résistants de la région continuèrent à se battre jusqu'à la Libération.

Des membres de la famille d'Eugène avaient rejoint la résistance. La famille Dupuy avait déjà payé un lourd tribut lors de la guerre de 14-18, où le frère de Raymond avait perdu la vie. Grâce à leur parfaite connaissance des forêts, des chemins et des collines, Eugène et ses frères accompagnaient parfois leurs proches pour ravitailler les réseaux de résistance.

Un jour, Eugène a eu la peur de sa vie en apportant de la nourriture à un réseau de résistants. Un des membres le remercie avec un fort accent qu'il prend pour un accent allemand. C'était un alsacien. À seulement 11 ans, son sang se glaça. Il craignait d'être pris au piège par un espion. Il faut savoir qu'au début de 1944, on fusillait, assassinait et déportait pour bien moins que cela. La division Brehmer et la division Das Reich se rendent régulièrement coupables de crimes de guerre. À Tulle, un bourreau SS torturait à tour de bras les membres de la résistance et même des innocents. Parfois, une simple lettre anonyme de dénonciation calomnieuse suffisait. Trente millions de lettres parvinrent ainsi entre 1939 et

1945 aux mains des Allemands. Le 9 juin 1944, en représailles au débarquement, 99 innocents furent pendus et 149 furent déportés dans des camps de concentration à Dachau. Devant l'effroi d'Eugène, un chef de la résistance le rassura et lui expliqua qu'il s'agissait d'un résistant loyal venu d'Alsace.

Cela faisait maintenant deux ans que la guerre avait pris fin. Eugène, galoches aux pieds, continuait de travailler comme garçon de ferme pour les autres agriculteurs de la région. Il ne percevait toujours pas un sou pour le fruit de son travail harassant. A presque 14 ans, et malgré de bons résultats à l'école et un certificat d'étude en poche, son cursus scolaire allait s'arrêter au début de l'été avec l'âge maximal atteint de la scolarité obligatoire. Le regard d'Eugène se remplissait d'amertume. La misère qui l'entourait et l'absence de perspectives pesaient lourdement sur ses jeunes épaules. Le désir de liberté et d'une meilleure vie grandissait en lui, comme une flamme nourrie par l'injustice. Un jour, mû par un courage insoupçonné, Eugène prit la décision de quitter ce monde qui ne lui offrait aucune chance.

Il passa un accord secret avec un paysan du coin, consistant à couper des arbres et déraciner les souches avec des bœufs pour en faire un champ fertile. En contrepartie de ce travail de forçat, Eugène exigea que le paysan lui verse l'argent directement, sans rien dire à ses parents ni à ses frères. Le salaire était équivalent à un billet de train pour Paris, une paire de chaussures neuves ainsi que quelques sous pour se nourrir.

Sans bagages, si ce n'est sa détermination et une rage de vivre inextinguible, il s'enfuya dans la nuit, laissant derrière lui le hameau de Sioniac et son enfance. Le monde s'ouvrait devant lui, vaste et inconnu, comme une page vierge prête à être écrite. Eugène était prêt à affronter les épreuves, à se battre pour son avenir. Son voyage ne faisait que commencer, un périple semé d'embûches mais aussi d'espoir, vers une vie nouvelle où il serait enfin maître de son destin. En rupture avec son passé, désormais, il ne s'appellerait plus Eugène, mais Marcel.

Chapitre 2

L'Alsace de Marie Jeanne Kapp

Lorsque la Révolution française éclata en 1789, Strasbourg est alors une ville prospère, réputée pour son commerce, sa culture et son esprit cosmopolite. La Révolution y est accueillie avec enthousiasme par une partie de la population, notamment la bourgeoisie libérale qui aspire à plus de liberté et d'égalité. La ville devient un foyer d'idées républicaines et de changements profonds. C'est à Strasbourg, d'ailleurs, que "La Marseillaise" est composée en 1792 par Rouget de L'Isle, un capitaine de l'armée française. Elle incarne le souffle révolutionnaire et devient l'hymne des armées républicaines.

Mais ce vent de liberté n'est pas sans tensions. La Révolution entraîne son lot de divisions dans la population alsacienne : des révoltes éclatent parmi les paysans et certaines élites locales s'opposent aux nouvelles idées républicaines. La suppression des privilèges se heurte aussi à la tradition, et Strasbourg devient un lieu de confrontation entre les partisans de la République et les défenseurs de l'Ancien Régime.

Avec l'arrivée de Napoléon Bonaparte au pouvoir en 1799, Strasbourg devient une forteresse stratégique dans les campagnes de l'Empire. Napoléon fait de la ville un bastion militaire contre l'ennemi autrichien et renforce ses remparts. Sous l'Empire, la ville bénéficie d'un certain essor économique et culturel, mais la guerre n'est jamais loin, et de nombreux Bas-Rhinois partent se battre dans les armées impériales. La chute de Napoléon en 1815 marque la fin de cette époque, et Strasbourg connaît alors une période de calme relative sous la Restauration.

Tout bascule en 1870 avec la guerre franco-prussienne. Après la défaite française et le traité de Francfort en 1871, l'Alsace, dont Strasbourg, est annexée par l'Empire allemand. Ce rattachement forcé marque profondément la population qui se retrouve déchirée entre son attachement à la culture française et à la nouvelle autorité allemande. Pendant cette période, appelée le Reichsland Elsass-Lothringen, l'Empire allemand entreprend de germaniser la région, construisant notamment d'imposants bâtiments à Strasbourg, comme la nouvelle gare et le quartier impérial (aujourd'hui appelé Neustadt), symbole de la domination allemande.

Les Bas-Rhinois s'adaptent progressivement à la vie sous la domination allemande, mais un fort sentiment de nostalgie pour la France persiste chez une grande partie de la population. La ville devient cependant un centre universitaire important, et la langue allemande s'impose dans les écoles, l'administration et la vie quotidienne

Lorsque la Première Guerre mondiale éclate en 1914, Strasbourg se retrouve au cœur du conflit en tant que ville-frontière. Les habitants vivent sous un régime militaire strict, et beaucoup de jeunes Alsaciens sont enrôlés dans l'armée allemande contre leur gré. L'Alsace, bien qu'allemande, n'est pas épargnée par les souffrances de la guerre : la vie quotidienne est marquée par la pénurie, la répression et la suspicion envers ceux qui sont ouverts comme « trop français »

À la fin de la guerre, en 1918, l'Alsace est "libérée" par les troupes françaises. Les habitants, tout en célébrant la fin des hostilités, vivent un retour ambigu dans le giron français. Une grande partie de la population accueille favorablement ce retour à la France, mais les années de germanisation ont laissé des traces. Les jeunes Alsaciens sont tiraillés entre leur éducation allemande et la réintégration dans la culture et la politique française.

Dans l'entre-deux-guerres, Strasbourg et le Bas-Rhin oscillent entre désir de modernité et quête identitaire. La France impose de nouvelles lois pour intégrer pleinement l'Alsace, mais cela crée des tensions dans une région qui a développé des habitudes administratives propres sous la tutelle allemande. Certains habitants défendent l'idée d'un statut particulier pour l'Alsace, tandis que d'autres aspirent à une intégration totale dans la République.

Les années 1930 marquent une période de tension en Europe, où les idéologies extrêmes montent en puissance, et Strasbourg, au cœur de cette agitation, n'y échappe pas. En Allemagne, le régime nazi impose son influence jusque dans la région frontale d'Alsace, où certains Alsaciens se sentent attirés par cette germanophilie renaissante. Pendant ce temps, le gouvernement français redouble de vigilance, intensifie la surveillance et la propagande pour garantir la loyauté des Alsaciens.

C'est dans ce climat d'incertitude que Marie-Jeanne Kapp vint au monde, le 21 octobre 1936 à Bossendorf dans le Bas Rhin. Trois ans plus tard, en septembre 1939, l'Allemagne envahit la Pologne, entraînant la France et l'Angleterre dans le conflit. En 1940, les troupes allemandes déferlèrent sur la France dans une « Blitzkrieg » (guerre éclair) foudroyante, contournant la ligne Maginot par les Ardennes, incluant les fortifications censées protéger l'Alsace.

À Bossendorf, un petit village niché à une trentaine de kilomètres au nord de Strasbourg, entre collines, rivières et vastes champs de houblon, de blé et de maïs, la guerre frappa sans pitié. Le paysage autrefois paisible portait désormais les stigmates des combats incessants. La vie des habitants était rythmée par la peur des bombardements et des rafles, et chaque maison pouvait devenir le prochain cratère laissé par une bombe. En octobre 1940, l'Alsace et la Moselle furent annexées de force par le IIIème Reich, décidé à effacer l'humiliation de sa défaite de 1870. L'allemand devint la langue officielle : à l'école, dans les commerces, dans les rues, le français était interdit. À la maison, les habitants se réfugiaient dans leur dialecte alsacien, langue de cœur et symbole de résistance, que quelque 600 000 Alsaciens continuent de parler aujourd'hui, en 2024.

À la ferme, les parents de Marie-Jeanne étaient cultivateurs. Ils possédaient quatre vaches et deux chevaux, héritage des grands-parents. La ferme venait de sa mère, originaire de Bossendorf, tandis que son père était de Wilwisheim. À cette époque, le mariage n'était pas une affaire de sentiments ; il s'agissait de contrats arrangés par des entremetteurs, chargés de trouver un époux ou une épouse selon des critères bien définis. C'est ainsi que sa mère fut un jour présentée à son père, devint son épouse, et assura la reprise de la ferme familiale. De cette union naquirent quatre filles. Marie-Jeanne, la troisième, avait trois sœurs : Lucienne, l'aînée, Thérèse, la seconde, et Monique, la benjamine. Malgré les temps troublés, elles trouvaient des raisons de rire et de jouer dans la cour, avec les animaux, sous le regard tantôt bienveillant, tantôt fatigué de leurs parents. Grâce au potager et au bétail, la famille mangeait à sa faim ; les repas simples comme le Baeckeofe ou le pot-au-feu les réchauffaient.

Cependant, depuis quelque temps, la maison semblait plus silencieuse, alourdie par une inquiétude sourde. Leur mère était alitée, incapable de s'occuper d'eux. Le médecin leur avait interdit de l'approcher, expliquant qu'elle souffrait de la tuberculose, une maladie contagieuse. Bien que la pénicilline eût été découverte, elle n'était pas encore accessible en Alsace. Les enfants étaient donc condamnées à observer leur mère à distance. Parfois, chacune leur tour, elles rampaient discrètement jusqu'à l'entrebâillement de la porte pour apercevoir son visage. Ces moments volés, ces regards furtifs, restèrent gravés dans leurs mémoires, même bien des décennies plus tard.

Dans son lit, leur mère semblait ailleurs ; son joli sourire s'était effacé, et son visage portait les marques de la souffrance. Parfois, elle parlait à leur père ou à sa sœur, leur demandant de veiller sur les filles, mais les enfants ne comprenaient pas pourquoi. Elles avaient un père et une mère, et elles aidaient autant qu'elles le pouvaient. Pourquoi leur tante devrait-elle s'occuper d'elles ? Le soir, dans leur chambre, les sœurs échangeaient des questions à voix basse, cherchant à comprendre ce qui leur échappait.

Puis vint le jour où leur mère fut emportée. On leur expliqua qu'elle était « partie au ciel ». Ce mot, « ciel », résonna sans qu'elles en comprennent le sens. Elles n'avaient pas pu lui dire adieu ; sa maladie leur en avait interdit l'accès. Le jour de l'enterrement, elles ne comprirent qu'une chose : leur mère ne reviendrait jamais. La douleur s'installa, silencieuse et profonde, tandis qu'elles suivaient une cérémonie empreinte de sobriété, où la tristesse flottait dans l'air comme un voile invisible. Leur grand-mère, leur tante et leur oncle Joseph firent de leur mieux pour prendre soin d'elles. Quant à leur père, absorbé par les responsabilités de la ferme, il n'avait guère le temps de s'occuper de ses filles.

Lucienne, l'aînée, du haut de ses neuf ans, prit alors la charge de la maison et de ses sœurs. Pieuse et réservée, elle s'efforça de tenir ce rôle, bien que les responsabilités fussent écrasantes pour une enfant. Elle voulait rester leur grande sœur, mais peu à peu elle devint une mère de substitution. Elle les encadrait, distribuait les tâches, et les trois autres la suivaient, conscientes de la nécessité d'aider. Chacune avait un rôle à jouer. Marie-Jeanne se souvenait de son aversion pour le nettoyage et de ses astuces pour refiler cette tâche à une de ses sœurs.

La perte de sa mère, survenue alors qu'elle n'avait que six ans, marqua pour Marie-Jeanne le début d'une transformation intérieure. Ce manque, cette absence, forgea en elle une volonté et une résilience nouvelles. Jour après jour, elle devenait un peu plus forte, parfois même combative, prête à affronter les épreuves que la vie allait placer sur son chemin.

Mémé, la sœur cadette de la mère de Marie-jeanne, avait échappé aux mariages arrangés : en tant que benjamine, elle avait pu épouser un jeune homme de Bossendorf conducteur de locomotive à la SNCF. Après leur mariage, ils s'étaient installés à Strasbourg, dans le quartier de la Robertsau, un secteur pittoresque bordé par le Rhin et une belle forêt abritant le château de Pourtalès. Le couple avait une fille, Suzanne, née la même année que Marie, en 1936

Après le décès de la mère de Marie-Jeanne, chaque jeudi — jour sans école à l'époque — Mémé et Suzanne, affectueusement appelée Suze, leur rendaient visite. Les filles considéraient Suzanne comme une sœur, et chaque visite apportait avec elle une grande joie. Le trajet pour venir jusqu'à la ferme était long : Mémé et Suze voyageaient parfois en train, d'autres fois à vélo. Mais, malgré les 25 kilomètres, leur bonheur de retrouver les enfants était toujours palpable. Ces journées étaient pleines de rires, de tendresse et d'affection. Depuis la disparition de la mère de Marie- jeanne, Mémé faisait tout pour combler ce vide, devenant et restant pour elles une seconde maman.

Après la guerre, les écoles françaises avaient rouvert, et Marie-Jeanne, que tout le monde appelait Marie, ou la petite Marie à cause de sa petite taille, put reprendre sa scolarité dans le système français. Bonne élève, elle obtint son certificat d'études à l'âge de 14 ans. À la fin de cette année scolaire, l'instituteur de Bossendorf, remarqua son potentiel, demanda à Mémé si elle ne pouvait pas inscrire Marie dans une école à Strasbourg pour lui permettre de continuer ses études. À l'époque, c'était une rare opportunité pour une fille, et avec la paix retrouvée, tout semblait de nouveau possible. Ce fut un choc pour le père et les sœurs de Marie de voir quitter la maison, mais cette opportunité représentait une chance inestimable pour elle.

Mémé accueillit donc Marie dans leur maison de la Robertsau et l'inscrivit à l'école commerciale de Strasbourg, où elle pourrait obtenir un CAP de sténodactylo. Avant la guerre, ce métier avait été réservé aux hommes, mais le conflit avait bouleversé de nombreux domaines, et des femmes accédaient désormais aux professions jusque-là masculines. Dans les familles, il était courant que l'une des filles devienne sténodactylo et une autre couturière, souvent sous l'autorité paternelle. Heureusement, Marie pu mis choisir son métier librement

Elle prend beaucoup de plaisir à apprendre, voir les mots apparaître sur une feuille sous l'impact de ses doigts sur les touches du clavier lui inspirent une magie particulière. Dans la salle de classe, lorsque tous les élèves tapaient en même temps sur leurs machines, une sorte de symphonie mécanique résonnait dans l'air, et cette ambiance serait plus tard immortalisée dans des vidéos présentant le métier

Marie obtint son diplôme et fut embauchée par un avocat. Ce patron, cependant, n'était ni des plus sympathiques ni des plus honnêtes : il lui versait son salaire selon ses humeurs. Malgré cela, Marie s'acharnait à garder ce poste, déterminée à ne pas décevoir Mémé. Elle a tenu à travailler, à percevoir un salaire, à économiser pour aider sa famille et, un jour, se constituer un patrimoine.

Chapitre 3

Marcel à Paris

Marcel, désormais âgé de quinze ans, arriva dans le Paris d'après-guerre. Avec son mètre 86, il était grand pour l'époque et ressemblait surtout à une véritable force de la nature. Chaussant du 48 et possédant des mains proportionnellement aussi grandes, il pesait près de 100 kg. Vêtu de son unique pantalon, trop court pour ses longues jambes, et d'une chemise usée, il avait en poche quelques sous et une adresse précieuse : celle de sa tante maternelle, qu'il avait vue lorsqu'il était tout petit, avant qu'elle ne se marie avec un Parisien juste avant le début de la guerre. Elle habitait une loge de concierge dans un grand immeuble bourgeois haussmannien au cœur de Paris.

Marcel se présenta chez elle, ignorant l'accueil chaleureux qui l'attendait. Il frappa à la porte de l'adresse indiquée. Une petite femme lui ouvrit, son visage marqué par les épreuves mais illuminé par la bonté. Lorsqu'elle comprit qui il était, elle le prit dans ses bras en s'exclamant « Mon Dieu ! », accompagné de baisers répétés. Cette femme, qui allait devenir sa deuxième maman, lui offrit le gîte et le couvert.

Soulagé, Marcel l'aida dans les tâches quotidiennes : il nettoyait les escaliers, faisait les courses pour les personnes âgées. Après quelques mois, sa tante lui donna une adresse pour un travail chez des Corréziens implantés aux Halles de Paris. Le lendemain, Marcel s'y présenta. Avec sa carrure imposante, il fut immédiatement embauché comme manutentionnaire.

Travailler aux Halles était un rêve éveillé pour Marcel. Cet endroit grouillant de vie était un carrefour d'échanges et de saveurs, où se mêlaient les rires des marchands, les odeurs alléchantes des produits frais et l'effervescence d'une ville en pleine reconstruction. Chaque jour offrait une nouvelle aventure, l'occasion de découvrir de nouveaux produits, de rencontrer des gens de tous horizons et d'apprendre les rouages de ce commerce si particulier. Marcel s'épanouissait dans cet environnement dynamique et convivial, se sentant enfin chez lui.

Les Halles d'après-guerre symbolisaient l'espoir et la résilience du peuple français. Elles représentaient la vie qui reprenait son cours, l'économie qui se relançait et la communauté qui se resserrait. Marcel, avec sa force physique et son cœur généreux, faisait partie intégrante de cette renaissance.

L'arrivée de Marcel dans le Paris d'après-guerre marquait un tournant dans sa vie. Loin de sa campagne natale et de son passé difficile, il trouvait un nouveau foyer, une nouvelle famille et un nouveau travail. Les Halles, avec leur atmosphère vibrante et leur esprit d'entraide, lui offraient un cadre idéal pour s'épanouir et construire son avenir.

Cependant, ce nouveau départ n'était pas sans défi. Marcel devait s'adapter à la vie urbaine, apprendre les codes d'un monde nouveau et surmonter les obstacles qui se dressaient sur son chemin. Sa force physique ne serait pas toujours suffisante, et il devrait faire preuve de courage, de persévérance et de ténacité pour réaliser ses rêves.

Les Halles de Paris, après la tumultueuse période de la Seconde Guerre Mondiale, étaient bien plus qu'un simple marché. Elles étaient un véritable poumon de la ville, un lieu où la vie reprenait ses droits, où les odeurs de la terre et de la mer se mêlaient aux rires des marchands et au bruit des pas pressés. Les Halles, avec leurs pavillons de fonte et de verre conçus par Baltard, avaient résisté aux affres de la guerre. Elles étaient devenues un symbole de la renaissance de Paris, un lieu où l'on retrouvait un peu de cette effervescence d'avant-guerre. Les Parisiens, marqués par les privations, venaient y chercher les produits frais, les couleurs vives des étals et un peu de cette joie de vivre perdue. L'atmosphère des Halles était unique. Un mélange de bruits, d'odeurs et de lumières créait une ambiance à la fois brute et fascinante. Les marchands, souvent des personnages hauts en couleur, criaient leurs prix, négociaient avec les clients, créant un véritable spectacle. Les porteurs, vêtus de leurs blouses blanches, transportaient d'énormes paniers remplis de fruits et de légumes, tandis que les poissonniers écaillaient leurs prises sous le regard curieux des passants. Les Halles n'étaient pas seulement un lieu d'achat, c'était aussi un lieu de vie, de rencontres et d'échanges. Les Parisiens y venaient pour faire leurs courses, mais aussi pour discuter, boire un verre, ou simplement flâner. Les bistrots, situés à proximité des pavillons, étaient des lieux de rendez-vous très appréciés.

La vie d'un travailleur dans les Halles de Paris d'après-guerre était difficile et rythmée par le travail. Les journées étaient longues, commençant souvent avant l'aube et se terminant tard dans la soirée. Le travail était physique et exigeant, impliquant le transport de lourdes charges de marchandises, le déchargement des camions et le nettoyage des étals. Les travailleurs des Halles commençaient souvent leur journée vers 3 ou 4 heures du matin pour s'installer et préparer leurs stands avant l'arrivée des clients. Les journées pouvaient durer jusqu'à 12 heures, voire plus, surtout pendant les périodes de pointe.

Le travail exigeait de soulever, transporter et décharger de lourdes marchandises, et les travailleurs devaient également rester debout pendant de longues périodes, souvent dans des conditions froides et humides. Pour rendre le travail plus confortable, les manutentionnaires avaient eu l'idée de couper les manches de leurs chandails, donnant ainsi naissance au marcel.

Les Halles d'après-guerre n'étaient pas un endroit agréable pour travailler. Les pavillons étaient souvent bondés, bruyants et mal éclairés. Les sanitaires étaient rudimentaires, et l'hygiène laissait parfois à désirer. Les plus démunis venaient fouiller les poubelles à la recherche de nourriture pour survivre, tandis que les bourgeois, après leurs soirées festives, venaient déguster un bon steak provenant des étals voisins. C'était un étrange ballet, où, au comptoir, ils croisaient des ouvriers qui, avant de commencer leur journée, savouraient un croissant accompagné d'un café-cognac, un rituel bien ancré.

Les salaires des travailleurs des Halles étaient généralement modestes. Ils étaient souvent payés au poids ou à la pièce, ce qui signifiait que leurs revenus variaient en fonction de la quantité de travail réalisée. Beaucoup de travailleurs vivaient dans la pauvreté ou à la limite de celle-ci. Ils devaient souvent faire des heures supplémentaires pour joindre les deux bouts et bénéficiaient de peu de sécurité financière. La protection sociale était encore en développement dans l'après-guerre, et de nombreux travailleurs des Halles n'en profitaient pas. Cela les rendait vulnérables aux accidents du travail, aux maladies et à la vieillesse.

Malgré ces difficultés, le travail aux Halles avait aussi ses avantages. Les travailleurs développaient souvent un fort sentiment de communauté et de camaraderie. Ils travaillaient ensemble dans des conditions difficiles et se soutenaient mutuellement. De plus, les travailleurs étaient en contact direct avec une clientèle variée et cosmopolite, ce qui leur permettait de découvrir différentes cultures et d'affiner leur sens du commerce. Pour certains, les Halles offraient la possibilité de s'élever socialement. En travaillant dur et en épargnant, ils pouvaient éventuellement ouvrir leur propre étal ou devenir commerçants.

Marcel, reconnu pour son ardeur au travail et son sourire

constant, se fit rapidement remarquer. Un jour, alors qu'il déchargeait un camion, un transporteur lui proposa de devenir commis livreur. Dans le Paris d'après-guerre, marqué par la reconstruction et le renouveau économique, le commis livreur jouait un rôle crucial dans le monde du transport. Ces hommes, souvent jeunes et pleins d'entrain, étaient chargés de la livraison de marchandises variées, contribuant ainsi à l'approvisionnement de la ville et à la relance de l'activité commerciale.

Le commis livreur avait pour mission de réceptionner les commandes des clients, de les préparer et de les livrer, souvent à l'aide d'une charrette ou d'un vélo. Il devait s'assurer que les marchandises étaient bien emballées et protégées pendant le transport, et les livrer dans les délais impartis. De plus, il était responsable de la gestion des stocks dans l'entrepôt ou la boutique, veillant à ce qu'il y ait toujours suffisamment de marchandises pour répondre à la demande des clients.
Il était souvent le premier point de contact entre l'entreprise et ses clients. Il devait donc être courtois, aimable et serviable, capable de répondre aux questions des clients et de résoudre leurs problèmes. Le travail de commis livreur était exigeant, avec de longues journées et des livraisons parfois lourdes et difficiles à transporter. Les commis livreurs étaient également exposés aux intempéries et aux dangers de la circulation.

Malgré ces conditions de travail difficiles, le métier de commis livreur était important et valorisé dans le Paris d'après-guerre. Ces travailleurs étaient des acteurs essentiels de la chaîne d'approvisionnement et contribuaient significativement à la reconstruction de la ville. Marcel accompagnait les chauffeurs routiers et leurs camions à travers Paris pour les guider et les aider, et s'essayait parfois à la conduite lors des manœuvres dans les cours. Il était doué.

En 1953, son patron lui proposa de passer son permis poids lourd, et Marcel accepta. Le jour de ses 21 ans, il passa son permis sur un Berliet. Cependant, la guerre d'Algérie éclata, et Eugène Dupuy fut appelé sous les drapeaux à la mi-54 pour une période de 18 mois, qui allait se transformer en 30 mois en 1956.

Chapitre 4
L'émancipation de Marie

Lorsque sa tante et son mari firent construire une maison à Hochfelden, Marie-Jeanne emménagea dans cette ville, se rapprochant ainsi de ses sœurs. Tous les matins, elle prenait le train jusqu'à Strasbourg pour aller travailler. Ce trajet quotidien était partagé par de nombreux voyageurs, et petit à petit, des amitiés se nouaient. Marie-Jeanne se lia d'amitié avec plusieurs jeunes gens, notamment une jeune femme travaillant à la préfecture de Strasbourg. Elle lui confia son travail chez un avocat et la lassitude qu'elle ressentait, exacerbée par le comportement déplaisant de son patron.

Son amie lui parla de son propre travail et suggéra à Marie-Jeanne de postuler à la préfecture. Acceptant l'idée, Marie-Jeanne se rendit avec elle sur place. Un poste étant vacant, elle passa des tests de dactylographie, qu'elle réussit avec succès, et put ainsi intégrer un environnement bien plus agréable. Devenue majeure, Marie-Jeanne partageait ses sorties du week-end avec Suzanne, ses autres sœurs, ainsi qu'avec leurs amis, parmi lesquels figuraient le fils Kuhn, Haemmerlin, Robert et les autres.

Un été, elle et Suzanne rejoignirent les garçons dans le Sud de la France. L'un d'eux possédait une magnifique Bugatti, et ce voyage fut pour Marie-Jeanne sa première escapade en dehors de l'Alsace. Émerveillée par le paysage si différent de chez elle, elle découvrit avec enthousiasme les palmiers de la Promenade des Anglais, le soleil éclatant et les terrasses où l'on pouvait se rafraîchir. Lors d'une promenade, ils croisèrent même Salvador Dalí, qui, d'après Suzanne, aurait exprimé le souhait de peindre son portrait. Cependant, cette aventure fut ternie par une altercation : des jeunes du village de Saint-Tropez les prirent pour des Allemands en raison de leur accent, ce qui engendra une bagarre.

De retour en Alsace, le groupe reprit ses habitudes de sorties, fréquentant les bals des villages alentour, en particulier celui de Kirrwiller, chez les Meyer. Ce lieu deviendrait plus tard le célèbre Royal Palace, un cabaret alsacien renommé. Un soir, Robert les emmena chez son ami Jean-Paul à Dettwiller, dont les parents tenaient une salle de bal.

Lors de cette soirée, Marie-Jeanne croisa le regard de Jean-Paul, un jeune homme qui la bouleversa. Ce fut un coup de foudre réciproque, et tous deux comprirent aussitôt qu'ils voulaient partager leur vie. Cependant, leur relation ne fut pas simple : Jean-Paul étant protestant et Marie-Jeanne catholique, ils durent prouver la sincérité de leur engagement pour obtenir la bénédiction de l'Église. Après plusieurs démarches, le prêtre accepta de célébrer leur union, mais à l'extérieur de l'église, devant le parvis. Les parents de Jean-Paul désapprouvaient également ce mariage, à la fois pour des raisons religieuses et parce que Marie-Jeanne n'avait pas de dot. Ils avaient même envisagé une union avec une jeune femme plus aisée pour leur fils. Mais Jean-Paul, épris d'amour pour Marie-Jeanne, imposa son choix.

Jean-Paul étant cuisinier à Strasbourg, le couple s'installa dans son logement après le mariage. Ils partageaient leurs sorties avec René et sa compagne Marguerite, qui devint la meilleure amie de Marie-Jeanne. La vie était douce, mais Jean-Paul nourrissait le rêve d'ouvrir un jour son propre restaurant. Son travail à la préfecture assurait à Marie-Jeanne un revenu, mais ne la passionnait guère. Lors de leurs promenades, Jean-Paul lui racontait ses expériences dans la restauration, et elle se mit à rêver de travailler elle aussi dans ce milieu. Jean-Paul lui apprit quelques recettes et l'art de porter les plats à un seul bras ou des plateaux de verres, ce qui provoquait souvent des éclats de rire lorsqu'une assiette ou des verres finissaient par terre.

Ils décidèrent alors de quitter leurs emplois et de partir à Paris pour acquérir de l'expérience. Après avoir économisé suffisamment, ils se retrouvèrent embauchés à l'aéroport d'Orly, alors une infrastructure récente au milieu des champs. Marie-Jeanne officiait au bar du salon VIP, un lieu fascinant où elle côtoyait des célébrités de l'époque comme Aristote Onassis, Sophia Loren, Clark Gable, et Marcello Mastroianni. Jean-Paul fut ensuite embauché à l'hôtel Normandy de Deauville, réputé pour avoir accueilli des stars telles que Jean Gabin et Jeanne Moreau.

Un jour, Jean-Paul entendit parler d'un restaurant à vendre à Brothau, en Alsace. Le couple profita d'un congé pour visiter l'établissement, et l'endroit répondit à leurs attentes. Ils firent une offre, qui fut acceptée, et en 1959, ils devinrent restaurateurs. De retour en Alsace,

Jean-Paul prenait en charge la cuisine et Marie-Jeanne assurait le service en salle. Les clients réguliers, les ouvriers des usines et les routiers, revenaient pour savourer les plats simples et généreux de Jean-Paul.

Après plusieurs années de mariage, Marie-Jeanne n'était toujours pas enceinte, et ils se résignèrent à l'idée de ne pas avoir d'enfants, trouvant leur bonheur à deux. Mais la santé de Jean-Paul se dégrada lorsqu'il fut diagnostiqué avec une maladie des reins. Rapidement, il dut être hospitalisé, laissant Marie-Jeanne seule pour gérer le restaurant. Elle assuma cette tâche courageusement, aidée par ses amis et ses sœurs. Thérèse, sa sœur, rencontra un boulanger du village, Lucien, avec qui elle eut quatre enfants, établissant durablement sa famille à Brothau.

Malheureusement, les avancées médicales ne purent sauver Jean-Paul, qui s'éteignit le 5 mai 1964, à l'âge de 30 ans. Malgré le deuil, Marie-Jeanne continua de faire vivre le restaurant, y trouvant une manière de prolonger la mémoire de son époux.

La vie de veuve ne la protégeait pas toujours des attitudes hostiles. Certains clients oubliaient les bonnes manières et se battaient régulièrement, obligeant Marie-Jeanne à rétablir du haut de son mètre 47 le calme d'un coup de casserole. Elle organisait aussi des soirées poker et belote, où elle participait dès que possible, une cigarette mentholée à la bouche et un verre à la main pour trinquer avec ses clients. Elle espérait pouvoir continuer à faire vivre ce restaurant, jusqu'au jour où un événement inattendu fit basculer son destin, la menant vers une rencontre déterminante pour son avenir.

Chapitre 5
La guerre d'Algérie

En 1955, à Alger, le soleil frappait fort sur la place du Gouvernement où Marcel Dupuy, un jeune appelé du contingent, attendait son affectation. Après deux mois de formation militaire et deux mois consacrés à obtenir ses permis de conduire militaires, il avait quitté Paris pour rejoindre les rangs de l'armée française en Algérie. La traversée avait été difficile à bord du cargo de transport de troupes brûlant un fioul lourd dont les émanations, combinées à une Méditerranée agitée, avaient rendu les deux tiers des passagers malades. Les autres attendaient leur tour, le mal de mer les guettant.

Comme beaucoup de jeunes de sa génération, Marcel s'était retrouvé plongé dans un monde inconnu. La guerre faisait rage en Algérie, et il se sentait déraciné, loin de tout repère. Fort de son expérience dans le transport, il fut affecté comme conducteur routier. Sa mission consistait à transporter troupes et matériel à travers le pays, parfois au volant de dépanneuses ou de porte-chars, pour récupérer des véhicules en panne ou pris dans des embuscades, souvent dans des conditions difficiles et dangereuses.

Le plus éprouvant sur le plan émotionnel restait les missions de récupération de corps, parfois ceux de compagnons rencontrés la veille, tombés sur une mine avec leur véhicule ou pris dans une embuscade fatale.

Les journées de Marcel étaient rythmées par l'entretien des véhicules Unic et GMC, le ronronnement du moteur de son camion et la poussière des routes algériennes. Il conduisait des heures durant, parfois sans pause, traversant des paysages tantôt magnifiques, tantôt arides, et des villages désertés. La peur ne le quittait jamais, car embuscades et attaques de rebelles étaient fréquentes. Le transport de carburant était particulièrement angoissant, car il roulait avec une véritable bombe roulante dans son dos.

Jacques, l'un de ses camarades, joyeux et toujours amical, partit un jour en mission. En fin de journée, son convoi fut pris dans une embuscade qui dura toute la nuit. Au matin du troisième jour, lorsque les tirs cessèrent, tous ne revinrent pas à la caserne. Marcel s'avança à la rencontre du convoi, ou de ce qu'il en restait. Les impacts sur les véhicules trahissaient la violence des combats. Il ne reconnut pas tout de suite l'homme qui descendait d'un camion – "Oh Marcel !" lança l'individu d'un ton jovial. C'était Jacques, mais, à seulement 23 ans, il portait désormais dans sa chevelure des mèches blanches, traces indélébiles de cette nuit d'angoisse. Cheveux qui allaient progressivement blanchir jusqu'à la fin de ses jours.

Malgré la dureté de la vie quotidienne, Marcel trouvait aussi des moments de solidarité et d'amitié. Il partageait ses repas avec les populations locales, échangeait quelques mots d'arabe, et découvrait une culture différente. Il se liait d'amitié avec ses camarades de régiment, avec qui il partageait les joies et les peines de l'exil. Il s'émerveillait parfois de la beauté de certaines régions d'Algérie.

Cependant, le poids de la guerre se faisait sentir. Marcel se questionnait sur le sens de ce combat, sur l'avenir de l'Algérie, et sur les horreurs commises des deux côtés. Parfois, il doutait de la justesse de la cause qu'il servait, mais son sens du devoir et son patriotisme le poussaient à continuer.

Après trois années de service, Marcel put enfin rentrer chez lui. Mais son retour fut difficile. Il avait vécu des choses qu'il ne pourrait jamais oublier, et il peinait à se réadapter à la vie civile. Tous ses camarades n'avaient pas eu la même chance. La guerre l'avait marqué à jamais. Pourquoi eux et pas lui ?

L'histoire de Marcel Dupuy est celle de milliers de jeunes Français appelés du contingent pendant la guerre d'Algérie. C'est une histoire de courage, de sacrifice et de résilience. Elle nous rappelle aussi les cicatrices laissées par la guerre et la nécessité de travailler pour la paix. Malgré les épreuves traversées, Marcel Dupuy trouva la force de continuer et de reconstruire sa vie, malgré les séquelles qui demeuraient.

De retour de son service militaire, Marcel rentra vivre à Paris, dans un appartement situé au 109 rue de Paris, à Pantin. Cet immeuble était celui où il avait autrefois aidé sa tante à faire le ménage lors de son arrivée dans la capitale.

Dans l'un des cafés fréquentés par les routiers, Marcel retrouva un ancien collègue, également conducteur routier, qui venait d'être embauché à la SOGAL, la Société des Gaz Liquéfiés de Pétrole, plus connue sous la marque Antargaz. Son travail consistait à transporter des hydrocarbures depuis les différentes raffineries de France pour approvisionner Paris et sa région.

Après avoir découvert l'Algérie, Marcel ne voulait pas rester cantonné à Paris et sa banlieue. Alors, quand Bernard lui annonça qu'Antargaz recrutait, il n'hésita pas une seconde et se présenta immédiatement. Son expérience dans le transport de carburant en Algérie, ainsi que ses excellentes recommandations, plaidaient en sa faveur. Il fut embauché comme conducteur de semi-remorques, avec un salaire à la hauteur des risques encourus. À l'époque, les camions-citernes manquaient de dispositifs de sécurité modernes. Les véhicules, bien que magnifiques – des Panhard, Berliet, Wilhem – étaient équipés de freins à mâchoires peu fiables. Dans les descentes, il n'était pas rare que les freins lâchent, mais les conducteurs de citernes étaient sélectionnés pour leur sérieux et leur sang-froid.

Marcel passa ainsi la fin des années 1950 et le début des années 1960 à sillonner la France : Donges, Fos-sur-Mer, Dunkerque, Le Havre, Reichstett, et même les régions pétrolières comme Lacq et Merkwiller-Pechelbronn. Malgré un contexte politique en pleine mutation, avec la naissance de la Cinquième République en 1958, ces années étaient marquées par une certaine insouciance.

Grâce à ses économies, Marcel réalisa un de ses rêves en s'offrant une Facel Vega d'occasion.

Apprécié de ses supérieurs pour son sérieux et son professionnalisme, Marcel se vit proposer en 1962 une mission particulière : tester de nouvelles semi-remorques conçues pour faciliter le transport de gaz et de liquides. Accompagné d'un ingénieur, il devait consigner les anomalies observées en cours de route. Les améliorations visaient à mieux gérer l'expansion des gaz due à la chaleur et au remplissage, ainsi que l'équilibrage des citernes pendant le transport.

Marcel se rendait souvent en Alsace, au dépôt de Merkwiller-Pechelbronn. L'un de ses itinéraires le faisait passer par la vallée de la Bruche. Il avait pris l'habitude de s'arrêter à Brothau, où, sur la place du village, se trouvait un excellent restaurant routier. Le parking, situé derrière l'église, offrait un emplacement parfait pour les camions. Mais ce restaurant avait surtout pour atout Marie, la patronne, menue et ravissante, qui illuminait l'endroit de sa présence.

Chapitre 6
La rencontre

Cela faisait bientôt quatre ans que Marie gérait seule l'hôtel-restaurant. Bien sûr, elle pouvait compter sur l'aide et le soutien de ses amis et de ses sœurs. Mais depuis le décès de Jean-Paul, la situation devenait de plus en plus intenable. Le week-end, Marguerite et René venaient dormir sur place, mais en semaine, Marie se retrouvait seule dans cette grande bâtisse, ce que beaucoup savaient. Elle n'y était plus en sécurité. Ses proches, amis et sœurs, tentaient de la convaincre de vendre l'hôtel-restaurant. Une décision difficile à envisager, mais elle devait admettre qu'il lui serait impossible de continuer seule sans imposer une lourde charge à ses proches. Elle se trouvait face à un dilemme douloureux : comment prendre les bonnes décisions quand son cœur et son esprit étaient encore en deuil ? C'est alors qu'elle pensa à Marcel, un chauffeur routier parisien travaillant pour Antargaz, qui s'arrêtait régulièrement au restaurant lors de ses passages dans la région. Contrairement aux autres clients, Marcel, malgré sa carrure imposante, était poli, courtois, respectueux et toujours prêt à rendre service. En sa présence, Marie se sentait en sécurité et apaisée, un sentiment devenu rare depuis la perte de Jean-Paul.

En 1962, Antargaz proposa à Marcel de prendre la direction du dépôt Antar de Biblisheim, près de Merkwiller-Pechelbronn, au nord de l'Alsace. Ce dépôt, autrefois destiné au stockage de l'huile issue des puits locaux, avait cessé ses activités en 1955. La société Antar, tirant son nom du chevalier Antar, bénéficiait d'une stratégie marketing simple et efficace grâce à son nom court, toujours en tête des annuaires.

Marcel refusa d'abord plusieurs fois cette offre, se sentant limité par son manque de diplômes et ses origines modestes. Mais, après l'insistance de son supérieur et un coup de cœur pour la région, il accepta. Bien qu'il ne parle pas alsacien, sa personnalité et son charisme lui valurent rapidement le respect des habitants. Avec sa stature imposante, Marcel passa pour un géant dans une région où la taille moyenne des hommes ne dépassait pas 1,70 mètre. Trouver des vêtements adaptés devint un défi : avec une taille de chaussures de 48 et une carrure massive, il dut souvent se rendre à Paris pour s'habiller. Les hivers alsaciens, sans gants adaptés, furent rudes. Marcel s'installa dans un appartement à Bischwiller.

Marcel passait régulièrement avec son camion dans la vallée de la Bruche. Dès qu'il le pouvait, il faisait coïncider son emploi du temps pour pouvoir s'arrêter déjeuner à Brothau chez la petite Marie. Un jour, lors d'une de ses visites, Marcel lui demanda des nouvelles et fut touché par les épreuves qu'elle avait traversées en si peu de temps. Marie lui confia qu'elle envisageait de vendre ou de louer le restaurant, mais qu'elle se sentait perdue sans Jean-Paul. Marcel, récemment promu directeur chez Antargaz, lui fit alors une proposition inattendue : il possédait un appartement de trois pièces à Reichstett, qu'il n'occupait que les week-ends en raison de ses déplacements constants. Il suggéra à Marie de s'y installer provisoirement pour prendre du recul, précisant qu'elle aurait sa propre chambre et qu'il ne serait présent que les week-ends, en tout bien tout honneur. Marie, bien que gênée, y vit une opportunité de s'éloigner de Brothau et de son chagrin, pour envisager un nouveau départ. Elle se mit alors en quête d'un repreneur pour le restaurant en location-gérance, ce qui lui permettrait de prendre son temps et d'avoir des ressources.

Le contrat signé, Marie emménagea dans l'appartement que Marcel lui mettait généreusement à disposition. Leurs cohabitations de week-end devinrent des moments de partage ; ils sortaient ensemble, allaient au restaurant, et une amitié sincère se tissa entre eux. Un jour, alors qu'ils roulaient dans la Fiat cabriolet de Marie, un incident dramatique survint : Marcel freina brusquement, et la voiture dévia soudain dans le bas-côté, finissant retournée dans un fossé. Suspendus dans le vide, ils entendirent les passants accourir, certains persuadés qu'ils n'avaient pas survécu. Miraculeusement, ils s'en sortirent indemnes. L'expertise révéla plus tard un défaut récurrent de freinage sur ce modèle, déjà responsable de plusieurs accidents mortels. Cet événement renforça leur lien et leur gratitude d'être encore en vie.
Le week-end, Marcel s'occupait des papiers de l'entreprise, une tâche qu'il n'appréciait guère. Marie, dactylographe de formation, commença à l'aider, organisant ses documents et instaurant un système de classement. Elle trouvait dans cette activité une forme d'apaisement ; petit à petit, le deuil devint plus supportable, bien que Jean-Paul restât présent dans ses pensées.

Un jour, Marcel lui confia son projet de créer sa propre entreprise. En 1964, encouragé par des transporteurs rencontrés au restaurant « Le Cyrano », il fonda les « transports Dupuy ». Il acheta à crédit un ensemble routier d'occasion. Un camion Saviem et une semi-remorque Coder avec seulement un essieu car la licence de transport qu'il avait loué ne lui permettait pas d'avoir un camion plus gros. C'est au Cyrano, restaurant fréquenté par tous les transporteurs importants de Strasbourg, un lieu d'échanges et de négociations, que Marcel y décrocha rapidement ses premiers contrats.

En 1965, Marie prit une part grandissante dans les formalités administratives des « Transports Dupuy ». Les affaires démarraient sur les chapeaux de roues. Marcel, infatigable, roulait jour et nuit pour honorer ses commandes. Rapidement, les demandes affluèrent à un rythme effréné. Marcel, incapable de faire face à cette avalanche de travail seul, prit une décision importante : il acheta un nouveau camion et embaucha un chauffeur. Puis, peu de temps après, un deuxième. La petite entreprise de transport semblait prospérer, portée par l'énergie inépuisable de Marcel et Marie.

La semaine, il roulait sans relâche, ne dormant souvent que quelques heures. Les week-ends, il les passait dans son garage à entretenir et réparer les véhicules. Tout allait bien, peut-être trop bien.

Un soir, après une journée harassante et un copieux dîner tardif dans un relais routier, Marcel reprit le volant, comme à son habitude. La route l'appelait, et il ne savait pas dire non à ses clients. Alors qu'il traversait la Meuse, dans une descente sinueuse, la fatigue le rattrapa. Ses paupières se fermèrent l'espace de quelques secondes. Un bref instant, mais suffisant pour que tout bascule. Lorsqu'il ouvrit les yeux, le camion avait quitté la route, bondissant sur le trottoir avant de percuter de plein fouet le mur d'enceinte d'une maison. La violence du choc fit traverser le véhicule tout entier : salon, cuisine, puis chambre à coucher. Il s'arrêta finalement devant le lit où dormait paisiblement un couple de retraités, pétrifié d'effroi.

Malgré l'ampleur de l'accident, Marcel, couvert de gravats et de poussière, réussit à s'extraire du camion. Une vive douleur lui lança dans la jambe : elle était fracturée. Mais cela ne l'empêcha pas de se précipiter vers le couple pour s'assurer qu'ils allaient bien. Fort heureusement, aucun blessé grave parmi les occupants de la maison.

Pourtant, s'arrêter de travailler n'était pas une option pour Marcel. La jeune entreprise était encore fragile : une interruption prolongée risquait de mettre en péril tout ce qu'il avait bâti. Les problèmes s'accumulaient : l'un des chauffeurs, Jean-Claude, avait été placé en cellule de dégrisement après une bagarre dans un restaurant routier, où il avait envoyé au tapis deux chauffeurs et un gendarme. À l'époque, ce genre d'incidents se réglait souvent par une nuit en cellule et quelques tapes dans le dos au petit matin, mais cela laissait Marcel avec un camion immobilisé et un client impatient.

C'est alors que Marie, petite femme énergique de 1,48 m, proposa son aide. Elle venait de passer ses permis poids lourds. Elle était la première femme en France à obtenir ce titre. Avec courage, elle accepta de l'accompagner sur la route. Ils repartirent ensemble, Marcel au volant malgré son plâtre qui lui immobilisait la jambe entière.

Alors qu'ils roulaient sur la national 4, un contrôle routier surgit. Un gendarme fit signe au camion de s'arrêter pour inspection. Marcel descendit avec peine, sa jambe raide et encombrée par le plâtre. Le gendarme, méfiant, ne tarda pas à exprimer son indignation :
— Vous êtes complètement fou de conduire dans cet état !
Il procéda à une inspection minutieuse : papiers du véhicule, contrôle d'alcoolémie, vérification du chargement. Enfin, il décréta :
— Je ne peux pas laisser ce camion rouler ! Je l'immobilise immédiatement !

Mais à peine s'était-il éloigné que le camion s'ébroua et reprit lentement la route. Marcel n'était plus au volant. Marie, discrètement, avait pris les commandes du camion-remorque malgré sans manque d'expérience. Les gendarmes, pris de court, bondirent dans leur véhicule, une Peugeot 404, et se lancèrent à leur poursuite, gyrophare et sirène à fond. La nationale, avec ses deux voies étroites, rendait le dépassement du semi-remorque périlleux. Après plusieurs kilomètres de course-poursuite, le camion s'arrêta enfin sur un parking. Les gendarmes, furibonds, jaillirent de leur voiture et ouvrirent la portière du camion. Quelle ne fut pas leur surprise : derrière le volant, une petite femme à l'air déterminé, les pieds à peine touchant les pédales.

— Mais vous êtes complètement inconscients ! Une femme au volant d'un poids lourd, et en plus dans une telle situation ! Vos papiers !

Marie, toute fière, tendit alors un permis flambant neuf. Ce document, elle l'avait obtenu quelques semaines plus tôt grâce à un inspecteur visionnaire, qui, après avoir recalé trois candidats masculins robustes, avait jugé ses compétences dignes des meilleures. Devant les gendarmes abasourdis, ils n'eurent d'autre choix que de relâcher le camion : tout était en règle. Marcel et Marie reprirent la route.

Malgré les aléas, rien ne semblait pouvoir arrêter Marcel. Pas même l'incendie d'une remorque surchargée de marchandises inflammables, ni l'accident tragique d'une voiture, déportée en sens inverse, qui s'encastra sous l'un de ses camions. Mais cela, c'est une autre histoire.

Ainsi allait la vie dans ce métier où chaque journée pouvait basculer, mais où la détermination de Marcel et Marie leur permettait de continuer à avancer, coûte que coûte.

Ensemble, ils bâtirent un avenir professionnel bien au-delà de ce qu'ils avaient imaginé.

Un soir, alors qu'ils étaient à l'appartement, Marcel et Marie discutaient, et son regard se perdit dans le sien.

Marie ne se sentait pas encore prête à tomber amoureuse — la peine était encore là — mais elle éprouvait beaucoup d'affection pour lui. Marcel était terriblement beau et attirant. Ainsi, il s'approcha d'elle, et ce soir-là, elle s'abandonna à ses baisers. Elle pensait être stérile, et pourtant, elle tomba enceinte rapidement. Le mariage fut annoncé, et la vie de Marie et Marcel prit un nouveau tournant avec l'arrivée de Laurent le 7 août 1966 et Christian, le 1 er Mars 1968 ; et après la naissance de Christian, ce fut le chaos en France.

Avril 1968, à Paris, les étudiants, las des carcans de l'éducation rigide et des tabous sociaux, commencent à se rassembler pour revendiquer plus de liberté, de justice et de modernité. Le 3 mai, la tension éclate dans la cour de la Sorbonne, avec des affrontements entre étudiants et forces de l'ordre. Les rues se remplissent de jeunes manifestants qui brandissent des slogans audacieux : « Il est interdit d'interdire », « Sous les pavés, la plage ! ». Les jours passent, et la contestation étudiante se mue en une révolte générale. Les ouvriers, en solidarité, entament des grèves massives, paralysant le pays entier. Les manifestations se succèdent dans les rues de Paris, les pavés sont arrachés et lancés, des barricades se dressent. C'est une scène surréaliste où se mêlent poésie, colère et révolution. Le président de Gaulle, dépassé par l'ampleur du mouvement, fuit même brièvement à Baden-Baden en Allemagne. Pourtant, malgré la ferveur, le souffle révolutionnaire finit par s'épuiser. Les accords de Grenelle ramènent une certaine stabilité, mais plus rien ne sera vraiment pareil.

De l'autre côté de l'Atlantique, l'Amérique traverse également une année tourmentée. Le 4 avril, une onde de choc parcourt le pays : Martin Luther King est assassiné. Sa mort déclenche une vague de violences et de deuil, mais aussi une détermination renouvelée pour la justice raciale. À quelques mois de là, en juin, un autre leader charismatique est tué : Robert F. Kennedy, qui portait l'espoir d'un changement radical.

Pendant ce temps, la jeunesse américaine manifeste contre la guerre du Viêt Nam avec une intensité sans précédent. Les campus deviennent le théâtre de débats, de manifestations, et même de confrontations avec la police. Au festival de musique de Monterey, des jeunes scandent « Faites l'amour, pas la guerre ! » tandis que d'autres organisent des sit-ins et des marches pacifiques. La jeunesse rêve d'un monde sans violence et sans oppression, mais se heurte à une réalité brutale.

Dans le bloc de l'Est, l'esprit de révolte gagne aussi les esprits. En Tchécoslovaquie, le « Printemps de Prague » symbolise l'espoir d'un socialisme aux visages plus humains et plus libres. Sous la direction d'Alexander Dubček, des réformes démocratiques commencent à émerger, le pays espère se libérer de l'étreinte autoritaire de l'Union soviétique. Mais en août, les chars soviétiques écrasent brutalement cet espoir. Le rêve est brisé, mais le désir de liberté ne mourra pas si facilement.

En Amérique latine, en Afrique, en Asie, l'année 1968 résonne aussi. Partout, des mouvements de libération voient le jour, des luttes anticoloniales et des revendications pour les droits humains se renforcent. Le Mexique, en particulier, est en effervescence avant les Jeux olympiques de Mexico. La répression y sera sanglante : des dizaines de manifestants sont tués dans ce qui sera tristement appelé le massacre de Tlatelolco. C'est une tragédie, mais elle révèle aussi l'ampleur du mouvement mondial pour la liberté et l'égalité.

À la fin de l'année, le monde porte les cicatrices de cette année intense et violente. Partout, les élites sont secouées, les institutions ébranlées, les peuples éveillés. Les rêves de 1968 ne se réaliseront pas toujours comme espéré, mais quelque chose a définitivement changé. Les femmes, les jeunes, les minorités, toutes ces voix qui avaient été étouffées commencent à s'affirmer.

L'année 1968 devient alors une légende, un symbole de ce qui est possible quand les peuples se lèvent pour leurs idéaux, même si la route est semée d'embûches.

En 1969, le premier homme marchait sur la lune et tout redevenait calme sur terre pour laisser place à la révolution culturelle des années 70.

Chapitre 7
L'enfance

En 1970, l'appartement de Reichstett devenant trop petit,
ils déménagèrent tous dans une maison au 7, rue du
Cimetière, à Souffelweyersheim. Je partageais une
chambre avec mon frère Laurent, de dix-huit mois mon
aîné. La chambre, située à l'étage côté rue, abritait deux
lits en bois, équipés de gros ressorts qui faisaient penser à
des ancêtres des trampolines. Les lits étaient placés
perpendiculairement : Laurent dormait à l'entrée de la
chambre, le long du mur, et moi, au fond, sous la fenêtre.
À côté, il y avait la chambre des parents.

En bas, en entrant par la cour, on trouvait une cuisine
avec des meubles en formica bleu ciel et un vieux poste
radio des années 40 placé au-dessus du réfrigérateur. À
gauche, un salon, salle à manger avec un vieux téléviseur
noir et blanc dans l'angle qui sera remplacé l'année
suivante par un téléviseur couleur. De l'autre côté du
couloir central et de l'escalier en bois se trouvaient deux
pièces servant de bureaux pour l'entreprise familiale. Les
téléphones en bakélite noire, équipés de cadrans rotatifs,
avaient tout l'air de véritables objets d'époque. Avec
Laurent, du haut de nos 3 et 4 ans, nous avions couvert
les murs de feutres et de peintures, créant un
enchevêtrement de traits. Quand nos créations ne nous
plaisaient plus, nous déchirions la tapisserie, qui résistait
souvent, pour retrouver une page blanche.

Le soir, nous nous amusions à sauter d'un lit à l'autre.
Marcel était souvent sur la route, alors Marie montait,

brandissant une cuillère en bois, mais cela ne produisait guère d'effet sur nous. Le week-end, quand notre père revenait, la situation était différente. Marie lui racontait nos exploits de la semaine, et Marcel, fatigué de sa semaine, était prêt à intervenir. Lorsqu'il nous adressait un premier avertissement en entendant le lustre du salon bouger, nous comprenions qu'il valait mieux s'arrêter mais on n'en faisait rien. À la deuxième marche qui craquait, on éteignait immédiatement la lumière et on se glissait dans nos lits en simulant un sommeil profond, mais cette stratégie échouait toujours. Marcel se tournait d'abord vers Laurent, lui infligeant une correction, avant de se diriger vers moi, alors que je m'accrochais à ma couverture, essayant vainement d'y échapper.

Laurent et moi, on multipliait les aventures. Un jour, Laurent m'entraîna dans une expédition dangereuse. Il enjamba la fenêtre, s'appuya sur le porte-drapeau métallique, présent au 1er étage des maisons et descendit sur une dalle en béton sans rambarde à 3 mètres de hauteur. Je tentais de le suivre, mais trop petit, j'eus besoin de l'aide de Laurent pour m'y aventurer. Finalement, une voisine nous aperçut et nous fûmes remontés manu militari dans la maison.

L'entrée à l'école marqua une nouvelle étape pour nous. Je découvris l'école maternelle puis primaire, époque des coups de règle sur les doigts, des bons points et des images, où l'insouciance des jeux et des cascades dominait. Un soir, un accident faillit pourtant me coûter cher. Alors qu'on attendait notre père au dépôt, où Marcel terminait une réparation sur un camion, je n'étais âgé que de cinq ans, et je jouais au chat avec mon frère, je chutai d'un camion de deux mètres de haut dans le noir. Je me suis réveillé dans la douleur et finit la soirée à l'hôpital avec une fracture du crâne, où je dus rester sur un coussin de glace pendant quelques jours.

Ma chambre d'hôpital, qui accueillait une bande de six éclopés de mon âge, ressemblait plus à un barnum qu'à une salle de convalescence. Il y avait là un brûlé, un autre qui avait chuté d'une voiture en marche, un multi-fracturé, et d'autres dont l'état n'était guère meilleur. On avait transformé notre chambre en un véritable terrain de jeux adapté à nos handicaps respectifs : courses en fauteuil roulant, compétitions de vitesse à la béquille, et notre spécialité – le saut de lit en lit. C'est justement en plein entraînement pour un double saut entre deux lits que ma mère choisit de me rendre visite. Son arrivée inopinée mit un terme brutal à mes prouesses acrobatiques. Elle insista pour que je sois rapatrié à la maison pour le reste de ma convalescence, et me gratifia au passage d'un casque de moto bleu flambant neuf, destiné à me protéger lors de mes activités extérieures.

Mon retour à l'école fut une véritable petite fête, tant j'avais de choses à raconter. Ce fut aussi l'époque où Rex, un berger allemand, fit son apparition dans notre famille. Il était censé veiller sur nous et sur la maison, mission qu'il prit très au sérieux, si l'on en croit les facteurs et autres visiteurs effrayés par sa vigilance.

Rex n'avait pas encore un an lorsqu'il se cassa la patte arrière en sautant pour attraper un morceau de saucisson que mon père tenait à près d'1,80 mètre dans la cuisine. Le pauvre chien s'était élancé sur le carrelage glissant. Le vétérinaire qui l'opéra lui posa une broche si longue qu'elle dépassait du haut de sa cuisse. Quelques jours plus tard, devant le début d'infection, plutôt que de retourner chez le boucher qui avait dû s'autoproclamer vétérinaire, mon père décida de couper, à la scie à métaux du garage l'excédent de broche avec l'aide de pierre le chauffeur – mécanicien fraichement embauché dans l'entreprise. Le miracle fut que Rex survécut à cette intervention de fortune, la plaie cicatrisa sous les soins de ma mère, et le chien vécut quinze années de plus, boitillant mais en pleine forme.

Rex était un compagnon d'une intelligence rare et d'une loyauté sans faille envers ma mère. Si elle se levait, il se levait ; si elle se déplaçait, il la suivait. Lorsqu'on partait en vacances, il supportait mal la séparation et faisait des siennes. Un jour, pris d'ennui et de déprime, il traîna un énorme baril de lessive au centre de la cour qu'il éventra et secoua sous la pluie. Résultat : la cour était si propre qu'elle moussait à chaque nouvelle averse.

Il faut dire qu'il n'avait pas à se plaindre de ses conditions de vie. Marie, la cuisinière de la maison, le traitait comme un membre de la famille et lui préparait des repas de roi. Un jour, un ancien chauffeur de l'entreprise familiale, revenu d'Iran où il avait travaillé sur des pipelines, nous rendit visite et apporta une boîte de 500 grammes de caviar beluga. Personne dans la famille n'en avait jamais mangé. Nous avons essayé d'en apprécier la saveur, mais après quelques jours, seulement

100 grammes avaient été consommés, et ma mère céda les 400 grammes restants au chien. Rex les dévora en 30 secondes, faisant de lui l'un des chiens les plus chers de la planète, même si cela n'a duré qu'un instant.

C'est aussi dans la cour familiale que j'ai appris, à l'âge de sept ans, à conduire la Renault 4 de ma mère, après des leçons de conduite improvisées par mon père sur les genoux duquel je tenais le volant de sa Volvo 144. Mon père avait inventé une sorte de voiture semi-automatique : installé à l'arrière, je passais les vitesses à son signal – 2, 3, ou 4 – tandis qu'il débrayait. Son astuce de rétrograder avec un double débrayage nous prenait parfois par surprise !

Suzanne, la cinquième de mes tantes, était mariée à Robert qu'elle avait rencontré lors des sorties avec Marie pendant leur adolescence. Un fabricant de chaussures visionnaire qui avait révolutionné le monde du ski avec sa chaussure thermo moulée, remplaçant les anciennes chaussures à lanières de cuir. Grâce à eux et leur appartement à Tignes, nous avons découvert les plaisirs du ski de piste, des télécabines, et des descentes vertigineuses, bien différentes des modestes pentes du Champ du Feu où la municipalité de Souffelweyersheim nous emmenait skier chaque mercredi. Notre cousin Vincent, plus âgé, nous accompagnait. Nous partagions la même chambre. Lui, sur un lit simple et Laurent et moi occupions les lits superposés. Nous regardions et écoutions Vincent comme un grand frère, Il faisait office de mentor. Il disparaitra tragiquement dans un stupide accident de voiture à l'aube de ses 20 ans.

Suzanne et Robert possédaient également une vaste propriété isolée dans la forêt de La Petite-Pierre, en Alsace du Nord. Après plusieurs kilomètres de chemin de terre, nous débouchions sur cet écrin de verdure entouré de forêts d'épineux des Vosges du Nord. Il y avait là quatre étangs, une piste officielle de pétanque, une fontaine d'eau potable, et une grande terrasse avec un barbecue. Suzanne avait eu l'excellente idée d'y réunir toute la famille, et ce site devint notre paradis à tous.

Les premiers à arriver sur place étaient généralement nos grands-parents de cœur, oncle Joseph et mémé, fraîchement retraité de la SNCF, qui ne se lassait pas d'entretenir cette propriété. Nourrir les poissons et soigner les berges faisaient partie de ses petites joies. Il était suivi de Monique, la plus jeune des sœurs, mariée à Albert, un costaud agriculteur de Sand qui avait laissé un doigt dans une machine. Ils arrivaient avec leur tribu Bernard, Marie-Claire et Elisabeth puis quelques années plus tard François, Sophie et Catherine, suivie de Thérèse et Lulu, venus de Brothau avec leurs enfants, Odile, François, Catherine et Christine. Lucienne, divorcée, descendait de Paris avec ses enfants Philippe et Jean, tandis que Suzanne et Robert, Michel , Pierre et Vincent nous rejoignaient avec leur impressionnante SM Maserati, qui, lorsqu'elle fonctionnait, ajoutait une touche de prestige à nos retrouvailles. Quant à nous, nous faisions généralement le trajet dans la fidèle Volvo 144.

Chaque rassemblement était magique : baignades dans l'étang boueux, balades en barque, pêche miraculeuse, et même des tours de moto-cross sur les chemins forestiers, sans casque et en sandales, à une vitesse interdite sur route. C'était le bonheur.

Cette année-là, Marcel acheta une caravane Digue qu'il attacha derrière la Volvo. Le trajet jusqu'en Corrèze, qu'il empruntait par les nationales et départementales, durait deux à trois jours. Ce premier retour aux sources depuis tant d'années n'était pas sans nostalgie pour lui. Je me souviens d'une première visite dans son village natal, où il m'avait présenté son père, un homme aux sabots et à la cigarette roulée qui ne quittait jamais ses lèvres. Il parlait un mélange de français et de patois corrézien, tout comme les Alsaciens avec leur dialecte local.

Marcel décida un jour d'emmener son père dans un restaurant renommé. Gêné, mon grand-père commença par écarter les couverts disposés devant lui pour dégainer son propre couteau Laguiole affûté à la meule à pédale, avant de glisser sa serviette dans sa chemise. Il décéda en 1979, d'une pneumonie qu'il avait attrapé alors qu'il rentrait, en plein hiver, d'une visite galante dans les collines avoisinantes avec sa vieille moto réquisitionnée aux allemands à la fin de la guerre.

Chapitre 8
Les années collège

Marie, chargée de notre scolarité, avait pris la décision, pour notre passage en CE1 et CE2, de nous inscrire dans une école expérimentale à Koenigshoffen. L'approche éducative y était plus libre : cours généraux le matin, et activités pratiques ou sportives l'après-midi. Au programme, nous pouvions choisir parmi diverses activités telles que la vannerie, la fabrication de bijoux émaillés, le sport, le dessin, la poterie ou le jardinage. Bien avant le début des cours, nous ajoutions illicitement à notre emploi du temps quelques explorations, notamment dans les bâtiments en construction en face de l'école, ainsi que des bêtises de toutes sortes. Très vite, notre mère comprit que ce type d'établissement ne nous convenait pas. L'année suivante, nous rejoignions le très sérieux collège épiscopal Saint-Étienne à Strasbourg, un établissement prestigieux, strict, et exclusivement masculin à l'époque.

À seulement 8 ans, je découvrais un tout nouveau monde, à commencer par les transports en commun. Pour la première fois, je prenais le bus. Ma mère avait fait le trajet une fois avec nous, mais dès le lendemain, elle nous lança dans le grand bain. Avec Laurent, nous partions de Souffelweyersheim, devant le restaurant, et arrivions place Broglie. De là, nous devions encore marcher, chargés d'énormes cartables en cuir, jusqu'à la place Saint-Étienne, que ce soit le matin ou le soir.

Rapidement, Laurent, censé veiller sur moi, me laissa libre de mes mouvements, me perdant souvent de vue.

Dans la cour des petits jusqu'à la sixième, nous découvrîmes les jeux de billes. Ces jeux consistaient à lancer les billes vers le pied d'un arbre, dans le creux entre deux racines, et le premier à toucher le tas remportait la mise. On pouvait ainsi accumuler plusieurs kilos de billes, parfois difficiles à transporter jusqu'à l'arrêt de bus. Je récupérais des roulements à billes de camion, car les boulets en verre étaient trop chers. Ces boulets de métal, indestructibles, étaient impressionnants et uniques aux yeux de mes camarades, bien qu'elles fissuraient souvent les boulets en verre des autres.

Outre les jeux de billes, il y avait aussi les cartes Panini, les matchs de foot le long de l'église, les premières bagarres, et les fréquentes visites au surveillant général. La religion tenait aussi une grande place dans cet établissement, et de nombreux professeurs étaient prêtres. Pour bien me faire voir, je fus intronisé servant de messe dès ma première année. Cela se révéla être une mauvaise idée. Un jour, déçu par le menu de la cantine, je décidai de manger des hosties, que j'aimais bien car elles me rappelaient le goût des cornets de glace de l'époque. Avec un camarade, je trouvai le paquet dans la sacristie et nous nous en régalèrent, buvant un peu de vin de messe pour étancher leur soif. Nous avons caché le reste dans notre bonnet très à la mode, orné de l'emblème des Jeux Olympiques de Montréal 1976. Malheureusement, à l'école, voler les bonnets des autres était un jeu courant. Le mien fut donc rapidement arraché, éparpillant toutes les hosties dans la neige boueuse, sous le regard consterné du surveillant. Je fus traîné par l'oreille devant le prêtre en chef, qui me révoqua de l'équipe des servants de messe. Ma punition : des milliers de prières que je réciterai en quelques secondes.

L'entrée en sixième marquait le passage dans la cour des « grands ». Cette même année, l'entreprise familiale s'agrandit. Mes parents avaient acheté un terrain dans la zone industrielle de Bischheim-Hœnheim, où nous allions chaque week-end, car il n'y avait personne. C'était un terrain de plus de 5000 m², où Marcel avait fait construire une maison et un dépôt, avec des camions et remorques alignés à l'arrière. C'est là que Laurent et moi avons pu perfectionner notre conduite, apprenant à manœuvrer toutes sortes de voitures et camions.

Ce fut aussi l'année de notre premier accident de voiture. Le jeu consistait à faire la course sans que l'un parvienne à distancer l'autre. Laurent conduisait la Volvo 144 GL de notre père, tandis que je pilotais la Renault 4 de notre mère. Bien que moins puissante, la Renault, plus légère, le suivait sans difficulté. Alors que nous sortions d'un virage, Laurent freina brusquement et s'arrêta. Je fis de même. Soudain, les feux de recul de la Volvo s'allumèrent et elle recula brutalement, ses roues patinant. Le temps de réagir, le crochet de la Volvo avait déjà défoncé l'avant de la Renault 4, laissant ses deux phares arrière se faire face, comme s'ils se regardaient avec perplexité. La Volvo, quant à elle, n'avait rien : un véritable tank ! Nous avons reçu une bonne réprimande et une salade de doigts à la sauce Marcel en prime en rentrant à Souffelweyersheim.

Durant l'été, nous aidions à l'entreprise : charger et décharger les camions, et même assister les chauffeurs débutants pour se mettre à quai. Cela amusait tout le monde de voir des enfants manœuvrer des camions, mais aujourd'hui, un tel comportement serait sûrement interdit. À Bischheim, sur le terrain de l'entreprise, Laurent et moi passions des heures à manœuvrer, décrocher et raccrocher des semi-remorques, sous l'œil amusé de Monsieur Mansoury, le directeur du centre de formation pour chauffeurs poids lourds et caristes situé juste à côté.

Au collège, mes années de sixième et de cinquième se déroulèrent bien, et les notes étaient correctes. Un camarade m'invita à passer un week-end chez lui pour assister à un match du Racing Club de Strasbourg, champion de première division sous la direction du jeune entraîneur Gilbert Gress. Ce fut une première pour moi, qui n'avais jamais mis les pieds dans un stade. Les parents de Franck, restaurateurs, tenaient un restaurant réputé à Strasbourg-Cronenbourg, face à la brasserie du même nom avec un K. À l'arrière, il y avait une grande salle de sport où se pratiquaient des disciplines de vélo artistique et de « vélo football ». Ils y jouaient souvent au foot, non sans briser quelques vitres. Frank avait une sœur, Corine, avec qui il se disputait régulièrement, comme le font beaucoup de frangins et frangines.

Dans la cuisine du restaurant, son père me fit découvrir un fruit étrange que je n'avais jamais vu : le kiwi, alors rare et exotique. Ce fut une expérience culinaire magique. Le soir, pour le match, son père nous emmena au stade de la Meinau, immense et impressionnant. Les buts s'enchaînaient. La défense intraitable était menée par Raymond Domenech, reconnaissable à sa moustache et à sa propension à écoper de cartons rouges. Du milieu de terrain, Leonard Specht distribuait les ballons. Sur l'aile, Joel Tanter, avec sa grande barbe affolait les défenses adverses par des dribbles chaloupés et Albert Gemmerich, tel un renard des surfaces, faisait régulièrement trembler les filets du but adverse.

Chapitre 9

L'adolescence

Laurent et moi avons eu une scolarité compliquée. Nous étions des élèves moyens. Pour ma part, les choses ont commencé à se compliquer au deuxième semestre de la cinquième. Mes notes ont commencé à chuter sensiblement. La principale cause de cette dégradation était mon penchant pour l'amusement et les bêtises, qui prenaient le pas sur mes études. Marie et Marcel n'avaient pas le temps de nous encadrer, car l'entreprise familiale connaissait une croissance rapide qui accaparait toute leur attention.

En quatrième, la situation s'est soudainement aggravée lorsque nous avons commencé à suivre des cours d'Éducation Manuelle et Technique (EMT) en dehors de Saint-Étienne, faute de matériel adéquat dans notre collège. Nous nous retrouvions alors au CEFOP, un centre de formation professionnelle situé près de l'Orangerie, avec les filles de l'école Sion, un établissement exclusivement féminin. Ces cours sont rapidement devenus mes préférés, les seuls que j'attendais avec impatience d'une semaine à l'autre. Je découvrais alors un univers nouveau, fait de rendez-vous, de boums, de sorties et de petites amies, au point que l'école devenait secondaire. Cette année de quatrième fut aussi passionnante que compliquée : j'ai même battu le record annuel d'heures de colle, de blâmes et de mises à pied !

Pour Laurent, la situation n'était guère meilleure, d'autant qu'il souffrait de dyslexie, il se dirigeait vers un redoublement. Sur les conseils de sa sœur Monique, qui avait vanté les mérites d'une pension à Colmar où se trouvaient nos cousins Bernard et Elisabeth, notre mère y inscrivit Laurent. Cependant, l'expérience tourna court et se révéla catastrophique ; il fallut le rapatrier l'année suivante pour l'inscrire au lycée public de Hœnheim-Ried. Laurent en voudra longtemps à notre père pour cette année de pension, ignorant que c'est en fait notre mère qui avait insistée pour cette inscription.

Ce fut également le début de notre adolescence. Certains week-ends, Marcel et Marie nous laissaient seuls pour un ou deux jours, souvent en raison de réunions, de chasses ou de déplacements divers. Avant de partir, ils nous lançaient toujours un « On peut vous faire confiance ? », et deux anges répondaient immanquablement « Oui, bien sûr ! » En réalité, c'était toujours un peu le chaos. On organisait des courses de voiture dans la cour, on conduisait les camions et les chariots élévateurs pour impressionner les copains, et Laurent poussait même l'audace jusqu'à prendre la voiture pour faire des tours sur la route. Un jour, il se fit d'ailleurs attraper par la gendarmerie un dimanche à La Wantzenau. J'étais à la maison lorsque j'ai vu la R5 de maman arriver, conduite par un gendarme, suivie d'un autre véhicule de la gendarmerie avec Laurent à leur côté. Après s'être garé devant l'entreprise, l'un des gendarmes, qui semblait bien connaître la famille, demanda où étaient nos parents pour leur expliquer la situation. Comme ils étaient absents, Un des gendarmes demanda où il devait garer la voiture ? Ce à quoi Laurent lui répondit nonchalamment : « Laissez la voiture ici, je m'en occuperai », ce qui n'a pas manqué d'agacer le gendarme, me faisant éclater de rire. Le soir, nous avons dû expliquer la situation à nos parents, car une convocation nous attendait à la gendarmerie pour récupérer les clés. Nous avions une technique bien rodée pour éviter les fâcheuses « salades de doigts » paternelles : lors des remontrances, on se plaçait à l'opposé de la table de la salle à manger, prêts à esquiver les représailles en faisant des tours de table.

Laurent s'en sortit miraculeusement sans interdiction de permis, grâce aux bonnes relations de Marcel avec le colonel local.

Un jour, mes parents avaient prévu de partir en week-end, et j'ai sauté sur l'occasion pour organiser une méga fête. J'avais invité une cinquantaine de personnes, et un groupe de musique, composé de trois copains de classe qui maîtrisaient vaguement cinq morceaux, dont seulement trois à peu près bien. Pendant deux jours, la maison s'est transformée en scène de fête. J'avais enfermé Rex, notre berger allemand, et Titus, l'épagneul breton, un peu bête mais attachant, récemment arrivé pour assister mon père à la chasse. Titus, chien de chasse à ses heures, avait pour habitude de suivre Rex, qu'il le dominait plus que mon père.

Après deux jours de décibels et d'agitation, ma mère nous a appelés pour nous annoncer qu'ils seraient de retour dans la soirée. Branle-bas de combat ! Avec mes amis, nous avons nettoyé la maison de fond en comble, laissant de côté quelques verres cassés et des bouteilles vidées dans le bar familiale. Avant leur arrivée, j'ai libéré les chiens et leur ai servi leur pâtée, mais en réalisant qu'il manquait du riz, j'ai tenté de retirer la gamelle. Rex, affamé et visiblement frustré, ne l'a pas entendu de cette oreille et, dans un mouvement instinctif, m'a mordu la main, me perforant entre l'index et le majeur.

En voyant le sang couler, mon frère, en pleine gueule de bois, a paniqué. Mon seul espoir était nos seuls voisins, les BBroth, transporteurs eux aussi, qui habitaient dans la rue voisine. J'ai entouré ma main ensanglantée d'un torchon et suis parti en courant chez eux. Christiane BBroth, en voyant ma main blessée, a failli s'évanouir, mais je l'ai rappelée à l'ordre, et elle m'a conduit à l'hôpital, prenant au passage quelques détours, perdue dans la panique. Pendant ce temps, mon frère resté à la maison n'a eu d'autre choix que d'informer mes parents à leur retour de mon séjour à l'hôpital. Je les ai retrouvés le lendemain, après une opération de la main et cinq jours d'hospitalisation. Heureusement, ils semblaient soulagés que je m'en sois bien sorti, et je n'ai quasiment pas entendu parler de la fête.

À mon retour, j'ai demandé anxieusement si Rex était toujours en vie, craignant que mon père ne l'ait puni pour ce malheureux accident. Mais Rex a survécu, tout comme

Titus. Rex, chien intelligent et fidèle, en dehors de cet évènement, nous protégeait tous et surveillait la maison avec une dévotion absolue. Il savait ouvrir les portes, rapporter des objets sur commande, et défendre les siens avec ferveur. Un jour, un technicien parlant sèchement à ma mère s'est retrouvé avec Rex derrière lui, grognant doucement puis de plus en plus fort, la conversation a immédiatement pris un ton plus respectueux. Un autre jour, le facteur, pressé, est entré sur la propriété pour me remettre un courrier et a tendu le bras brusquement en ma direction : Rex, assis à ma gauche, a attrapé son bras, ce qui a fait s'éparpiller le courrier et a bien fait courir le facteur !

Titus, en revanche, c'était une autre histoire. Excellent chien d'arrêt, il avait malheureusement la fâcheuse habitude de disjoncter et poursuivre le gibier pendant des kilomètres après l'avoir débusqué, au grand dam de mon père. Ce dernier devait parfois rentrer sans Titus, qui se perdait dans la nature. Il reprenait la recherche à l'aube et retrouvait Titus, tremblant de froid et redoutant la correction qui l'attendait. Ni le collier électrique, ni la cartouche au gros sel n'avaient réussi à lui faire abandonner ses mauvaises habitudes.

Impossible de promener Titus sans qu'il ne tire sur la laisse à s'en étouffer. Las de me faire déboîter l'épaule à force de promener notre chien, j'eus une idée brillante : utiliser mes nouveaux rollers pour réduire la tension de la laisse et faire courir Titus sans m'épuiser. Au début, tout se passait parfaitement. Titus courait joyeusement, j'arrivais à le guider, et nous avancions à un bon rythme. J'étais content de mon invention. Mais rapidement, la situation m'échappa : Titus s'est mis à courir de plus en plus vite, et je n'arrivais plus à le ralentir. Jusqu'au moment où, subitement, il s'est arrêté net pour renifler un poteau où une piste intéressante. J'ai compris trop tard que j'allais avoir besoin de sparadrap…

Peu de temps après, ma mère m'ordonna de sortir à nouveau Titus. Mais cette fois-ci, j'avais une idée différente. Je venais de m'acheter une mobylette italienne Malaguti, financée grâce aux petits boulots que j'avais faits depuis mes 13 ou 14 ans. Avec cette merveille mécanique, j'étais convaincu d'avoir trouvé le moyen parfait pour faire courir le chien à pleine vitesse sans risquer de me déboîter l'épaule.

Au début, j'attachai la grande laisse autour de ma taille, et tout allait bien. Titus courait joyeusement, et je roulais tranquillement à côté de lui. Quand il tirait, j'accélérais légèrement pour qu'il comprenne qu'il ne pouvait pas tout contrôler. Mais cette belle harmonie prit fin lorsque, lancé à 40 km/h en pleine accélération, Titus décida de s'arrêter net devant un poteau. Ma mobylette continua sa course sans moi, et je fis une chute mémorable. Ce fut une expérience douloureuse, mais mémorable, avec Titus, dont le cou avait dû certainement s'allonger de 2 ou 3 cm.

Ma mobylette Malaguti était mon fier destrier, toujours prête pour de nouvelles aventures. Peu d'adolescents en possédaient une, car la plupart roulaient en Peugeot 103 pour les garçons et en Ciao pour les filles. Avec son moteur deux-temps, la Malaguti fonctionnait au mélange d'huile et d'essence – pas le plus écologique, mais terriblement efficace pour nous permettre de voler sur les routes ! Je l'utilisais pour aller à l'école, retrouver les copains, assister à mes rendez-vous galants, et même pour faire un peu de cross.

Quand arriva le premier hiver et ses premières neiges, j'eus une idée audacieuse : attacher une luge derrière ma Malaguti pour en faire un traîneau motorisé. Avec mon frère, toujours partant pour les bêtises, nous décidâmes de tenter l'expérience. Au début, tout se passait très bien. Chacun son tour, on conduisait la mobylette pendant que l'autre se laissait traîner sur la luge. Les sensations étaient grisantes, et nous gagnions peu à peu en confiance, augmentant la vitesse et expérimentant des trajectoires de plus en plus serrées.

Puis vinrent les virages. Plus on allait vite, plus la luge se déportait sur le côté, entraînant la mobylette en travers dans un glissement contrôlé, un vrai « drift » digne des films d'action. Mais ce que nous n'avions pas pris en compte, c'étaient les lampadaires le long de la route. Lors d'un virage particulièrement rapide, la luge, propulsée par la vitesse, se déporta tellement qu'elle passa d'un côté du poteau… tandis que la mobylette continuait de l'autre. Résultat : tout fut stoppé net ! Heureusement, la neige était là pour amortir la chute.

Au collège, les études ne m'intéressaient plus. Je ne voyais en elles ni sens ni avenir, à tort évidemment. Mon esprit était accaparé par d'autres préoccupations : m'amuser, gagner de l'argent et conquérir mon indépendance. Cette attitude insouciante me conduisit au redoublement de ma troisième. Mais ce n'était pas tout : le collège Saint-Étienne menaçait de se séparer de moi.

Heureusement, une intervention inattendue allait changer la donne. La Pologne, frappée par une crise économique grave et une pénurie généralisée, devint le théâtre d'un épisode marquant de ma vie. À cette époque, dans ce pays, les files d'attente devant les magasins désespérément vides faisaient partie du quotidien. Les livres de cuisine étaient classés au rayon science-fiction, faute de denrées à cuisiner, et les autres livres étaient tout aussi rares. Ironiquement, le pape était polonais, et le collège catholique ne pouvait rester indifférent. Une solidarité s'organisa pour venir en aide à ce peuple en détresse.

Des collectes furent mises en place, et la générosité fut au rendez-vous. Des vêtements, des médicaments, des jouets, des livres, et bien d'autres choses furent amassés en quantité si impressionnante qu'il fallut un camion entier pour transporter tout cela. Or, le seul transporteur acceptant de traverser le rideau de fer pour cette mission humanitaire risquée était mon père, Marcel Dupuy. Cela devint un argument imparable pour éviter mon exclusion : on ne vire pas le fils du "sauveur".

Le voyage fut organisé pendant les premières vacances scolaires. Comme j'avais montré un comportement exemplaire jusque-là, j'eus la chance d'accompagner l'expédition à bord d'un Volvo F89. À nos côtés, il y avait un deuxième conducteur : Monsieur Mansoury, directeur de l'AFT (Association de Formation du Transport). Ce périple fut un véritable saut dans le temps, surtout au passage du rideau de fer entre la RFA et la RDA. Des doubles grillages, un no man's land, des caméras, des miradors et des chars témoignaient d'un monde figé depuis 1945. Ces murs, loin de protéger contre une invasion hypothétique, servaient à enfermer les habitants dans leur propre pays.

Sur l'autoroute en béton, construite sous Hitler mais laissée à l'abandon, presque aucun véhicule. Les rares voitures, souvent des Trabant en panne, étaient stationnées sur le bas-côté. C'est dans ce décor surréaliste que j'eus l'occasion de prendre le volant, sous le regard amusé de Monsieur Merci, qui trouva que je me débrouillais plutôt bien. Certaines portions d'autoroute étaient limitées à 50 km/h, mais il était difficile de respecter ces contraintes. Le F89 pouvait atteindre 125 km/h, compteur bloqué, et les "négociations" avec les policiers pour excès de vitesse se concluaient généralement par un échange de café, de gâteaux ou de bières.

Le passage de la RDA à la Pologne fut encore plus compliqué. Après six heures d'attente et un contrôle exhaustif de la marchandise par l'armée, certains produits "nobles" disparurent mystérieusement. Une fois le camion rechargé, il y avait étonnamment plus de place. Nous finîmes par atteindre Katowice, où la cargaison fut déposée dans un couvent chargé de sa distribution.

Grâce à cette mission, je fus autorisé à redoubler ma troisième à Saint-Étienne. Ce fut une année marquante où je fis la rencontre d'amis qui le resteraient à vie : Franck, futur footballeur au Racing, Pierre-Antoine, qui deviendrait professeur d'histoire, Serge, futur membre des services de renseignement Français et Olivier, notre conscience collective, qui deviendrait assureur. Ironie du sort, ceux qui étaient assis au fond de la classe, près du radiateur, réussirent particulièrement bien dans la vie.

Pour ma part, mes notes restaient médiocres, et ma collection d'heures de colle continuait de croître. Cependant, mes petits boulots – pooleur au bal trap, baby-sitter, ou encore extra à la foire européenne – me rapportaient un revenu non négligeable. Les études perdaient de plus en plus de leur importance à mes yeux.

Une discussion avec mon père et mon frère Laurent scella mon avenir. Laurent, l'aîné, souhaitait reprendre l'entreprise familiale. Il s'orientait vers un BEP transport et comptait passer ses permis dès sa majorité. J'acceptais cette décision et décidais de prendre une autre direction. Mon objectif était clair : je voulais un travail qui me permettrait de voyager.

Je pris donc l'annuaire des Pages Jaunes pour chercher la profession idéale. Après mûre réflexion, la restauration s'imposa à moi. Des restaurants, il y en a partout dans le monde, et donc du travail aussi. Pilote de ligne ou de chasse me tentaient également, mais les longues études nécessaires étaient dissuasives. La restauration semblait plus accessible. Mais quel métier choisir ?

Mon esprit cartésien analysa rapidement la situation. Barman était incompatible avec mon âge. Serveur, pourquoi pas ? Mais si un jour je voulais ouvrir mon propre restaurant, il me faudrait maîtriser la cuisine. C'était décidé : je deviendrai cuisinier, même si je n'avais aucun talent pour cela.

Chapitre 10

L'apprentissage

L'été de mes 16 ans fut un tournant. J'avais décroché un apprentissage dans un restaurant de Schiltigheim, réputé pour ses plats de poisson et classé au Gault & Millau ainsi qu'au guide Michelin. Il ne restait plus qu'à convaincre mes parents, qui m'avaient déjà inscrit dans un lycée général. J'ai été clair : si j'étais contraint d'y aller, je sécherais les cours. La seule issue était qu'ils acceptent que je fasse un CAP cuisine en apprentissage. Finalement, ils cédèrent et signèrent mon contrat.

Au lieu de profiter de l'été avec mes amis, j'ai commencé à travailler, enchaînant des semaines de 70 heures minimums, et je ne voyais plus personne. Très vite, j'ai découvert l'envers du décor : pour beaucoup de restaurants, les apprentis sont surtout une main-d'œuvre bon marché, et les échanges savoir-travail ne vont pas toujours dans les deux sens. Après un été de labeur pour un salaire dérisoire, j'ai commencé mes cours au CFA. Ce rythme alterné avec une semaine en cours, me fit entrer dans un univers complètement différent. À ma grande surprise, le niveau des cours en CFA était inférieur à celui que j'avais connu à Saint-Étienne, et pour la première fois depuis l'école primaire, je me retrouvais en tête de classe, maigre consolation. Les profs étaient d'un tout autre genre. Ma prof de français m'invitait même parfois chez elle, et mon prof d'économie était un vrai boute-en-train, toujours prêt à faire une blague.

Au restaurant, l'ambiance était moins joyeuse. Les corvées revenaient toujours aux apprentis, et nous étions peu exposés aux connaissances véritables de la cuisine, à part peut-être la dextérité au couteau et à l'éplucheur. Puis, un jour, Roland arriva. C'était un jeune commis formé dans les grandes tables de la région, doté d'une ouverture d'esprit rare parmi les cuisiniers souvent rustres et aigris. Contrairement à eux, Roland n'était pas du genre à reproduire les brimades qu'il avait subies, et grâce à son physique imposant et sa passion, il inspirait un respect naturel. Roland se passionnait pour la cuisine classique, s'inspirant davantage d'Escoffier et Bocuse que de la nouvelle vague culinaire, et il luttait contre le sadisme parfois présent en cuisine. Par exemple, il était courant de voir des apprentis se brûler les doigts à cause de mauvaises blagues de cuisinier, leur faisant goûter du caramel en pleine ébullition.

Roland m'introduisit à un monde nouveau. Il me présenta ses amis, dont Jean-Marc, un poète rêveur vivant dans un appartement place du Corbeau, en grande partie financé par les allocations. Autour de lui gravitait une troupe d'artistes, d'étudiants ou d'énergumènes, tous attachants à leur façon. Jean-Marc partira tenter sa chance à Paris. Il y obtiendra quelques rôles dans des théâtres ou films. Avec Roland et sa Renault 4 Savane, nous explorions les musées alsaciens, parisiens, et les sorties nocturnes. Et bien sûr, il y avait les premières histoires de cœur. À 16 ans, du haut de mon mètre 80, je n'avais pas trop de mal à attirer les regards. Un soir en boîte, j'ai rencontré Fiona, une femme de 23 ans, belle, cultivée et issue d'une famille bourgeoise. Elle possédait une Autobianchi Abarth, petite voiture sportive populaire à l'époque, qu'elle me laissait parfois conduire. Cette relation improbable m'offrit des mois d'euphorie. Avec Fiona, tout était un prétexte à l'amusement.

Parfois, notre différence d'âge me faisait douter, mais elle s'effaçait vite devant l'amusement et les surprises qu'elle me réservait. Elle venait même me chercher au lycée dans des tenues glamour, attirant l'attention de mes amis et professeurs. La première fois, elle arriva perchée sur des escarpins, habillée d'un tailleur élégant avec un chemisier de soie entrouvert , maquillée et coiffée en mode « working girl ». D'un pas chaloupé, elle s'arrêta devant moi et sans mot dire, m'embrassa devant tout le monde, laissant mes copains et même mon prof de maths sans voix. Le lendemain, j'étais littéralement la vedette du lycée.

Cependant, Fiona menait un train de vie que je ne pouvais suivre et qui commençait à me peser. Lorsqu'on sortait, elle payait systématiquement l'addition, glissant parfois des billets sous la table pour ne pas froisser mon ego. Finalement, j'appris que les bouteilles qu'elle avait dans les clubs étaient en réalité offertes par le père d'un de mes copain de Saint-Étienne. Cet aveu m'a poussé à mettre fin à notre relation.

Ces quelques mois m'avaient propulsé hors de l'adolescence pour entrer dans le monde adulte, et je pris vite conscience que mes ambitions dépassaient le niveau d'étude que je suivais. Je voulais un jour diriger un restaurant ou une entreprise, mais pour cela, je devais reprendre mes études. À l'époque, les passerelles étaient rares pour passer d'un CAP cuisine vers des études plus générales, mais cette année-là, une nouvelle récompense venait d'être créée : les trois meilleurs élèves de la région en CAP cuisine pourraient intégrer l'école hôtelière d'Illkirch-Graffenstaden. Roland, qui voyait en moi un potentiel inexploité, me poussa à viser cette opportunité. À l'examen, je terminai troisième, ce qui me permit d'intégrer l'école hôtelière pour passer un bac professionnel.

Chapitre 11

L'école hôtelière

Mon contrat d'apprentissage se terminait en juillet. J'ai expliqué à mon patron qu'il me restait des congés et qu'il serait bénéfique pour tous de terminer le contrat dès le début du mois de juin. L'école hôtelière se trouvant à Illkirch-Graffenstaden, à l'autre bout de la ville, et mon envie d'indépendance étant immense, je me suis mis à chercher un appartement à proximité dès juin. Cette même période, j'ai obtenu mon permis de conduire. J'ai acheté une Volvo, affichant 250 000 km, pour une somme modique. Elle consommait 12 litres d'essence et presque autant d'huile, mais ses deux antibrouillards Marchal sous le parechoc étaient du plus bel effet… du moins, jusqu'à ce que je les éclate lors d'une sortie avec Franck.

Franck, de son côté, avait trouvé un appartement en duplex près de l'hôpital civil, qui devint notre quartier général pour le début de l'été. Un soir, lors d'une sortie à la 5ème Avenue, nous avons rencontré Stéphanie et Jennifer, deux magnifiques blondes qui, à Strasbourg, ne passaient pas inaperçues. Dans le duplex, l'ambiance était digne de Las Vegas, au grand désarroi des voisins. Stéphanie, qui fréquentait Franck, avait la main verte, à l'inverse de lui. Elle arrosait souvent les plantes du balcon… mais dans le plus simple appareil, ce qui émoustillait sérieusement le vieux monsieur d'en face et agaçait sa femme.

Franck était stagiaire au Racing, mais cet été-là, il allait subir un entraînement particulier. En août, il reprenait les entraînements, et de mon côté, je trouvais un deux-pièces à Illkirch, près de l'hôpital, pour 120 000 francs et 48 m², avec une immense terrasse. J'ai sollicité mes parents pour m'aider à acheter ce bien. J'avais un apport, ils ont pris le crédit et, pour les rembourser, je leur verserais un loyer mensuel, faute de pouvoir obtenir un prêt en tant qu'étudiant. Avec mes nombreux extras en restauration, j'étais confiant quant à mes capacités de remboursement. L'affaire fut conclue, et je devenais propriétaire d'un deux-pièces de 44 m², mon propre repère, où j'allais passer de très belles années.

Pendant l'été, je me suis attelé à rénover l'appartement : nouvelle moquette, tapisserie et peinture. J'ai récupéré ou acheté du mobilier via les petites annonces à prix réduit. Un simple matelas posé au sol constituait presque tout mon ameublement.

La rentrée étudiante a débuté, et j'ai repris le chemin de l'école. Dans ma classe se trouvaient deux garçons qui avaient rejoint le même programme de reprise d'études, l'un venant de Mulhouse, l'autre de Colmar. Pierre, fils de viticulteur à Wettolsheim, avait suivi un parcours similaire au mien. Après quelques années dans la restauration, puis comme restaurateur, il deviendrait plus tard viticulteur dans le sud de la France. J'ai aussi fait connaissance avec d'autres étudiants venus de toute la France, dont un même de la Guadeloupe. Il est vrai que l'école hôtelière d'Illkirch jouissait d'une excellente réputation, prétendument classée deuxième mondiale, derrière celle de Lausanne.

Parmi mes nouveaux amis, j'ai rencontré Jonathan, un Breton de La Baule, personnage haut en couleur au verbe aisé et à l'allure d'aristocrate. Il avait un sens de l'humour qui plaisait à tout le monde. Dans mon immeuble habitaient aussi deux filles de Bourg-en-Bresse venues pour un BTS. En observant autour de moi, je me suis aperçu que mon quartier comptait de nombreux autres étudiants de l'école hôtelière, logés dans de petits appartements pour éviter de rester en internat. Le week-end, certains rentraient chez eux, mais ceux qui vivaient loin restaient, et il arrivait que je les invite chez moi, ou pour les repas dominicaux chez ma mère, qui leur préparait des plats alsaciens qu'ils découvraient avec enthousiasme.

Les soirs de semaine et le week-end, je faisais des extras pour remplir mes caisses et mon frigo. À la fin du service, il n'était pas rare de repartir avec des petits fours ou des restes de mets, ce qui ne nous déplaisait pas. Nous travaillions pour des traiteurs locaux, comme Kieffer, et Jacques, un jeune maître d'hôtel, organisait les plannings en fonction de nos disponibilités. Ayant pris l'habitude de travailler 70 à 90 heures par semaine pendant mon apprentissage, je pouvais gérer les études et les extras, même si la fatigue me rattrapait parfois. Mon année d'études s'est bien passée, sans résultats flamboyants, mais corrects.

À la fin de l'année, un stage d'été en entreprise de trois mois était requis. J'ai été sélectionné par le Pullman Grand Hôtel de Cabourg.

En arrivant à Cabourg, j'ai été présenté à l'équipe. Plusieurs stagiaires étaient arrivés en même temps que moi, dont une ravissante fille de la Côte d'Azur, venue faire un stage en réception. Mon stage, à moi, devait se dérouler en salle. Mais dès le premier jour, le directeur de la restauration me proposa un poste en tant que barman. L'idée me séduisait, et j'acceptai volontiers. On me présenta alors Bruno, le chef barman.

Le bar, en forme de U, était tout petit… tout comme Bruno, qui me fit faire le tour du propriétaire. Il m'expliqua rapidement que, bien que les stagiaires ne gagnent pas beaucoup, les pourboires pouvaient être intéressants si l'on savait y faire. Bruno se démarquait du reste de l'équipe par sa discrétion et son allure un peu efféminée. Travailler en si petit espace à ses côtés me rendait un peu nerveux au début, mais il comprit rapidement que je n'étais pas du même bord et, en parfait professionnel, s'assura que notre relation resterait strictement amicale et professionnelle.

Bruno m'a pris sous son aile et m'a enseigné les ficelles du métier, de la manière de préparer les cocktails aux petites astuces pour captiver la clientèle. Le soir, le bar était en ébullition : c'était le rendez-vous de la jet-set avant que tout le monde ne se dirige vers la discothèque voisine. L'ambiance était folle, et Bruno savait parfaitement la nourrir. Les pourboires affluaient. La saison s'annonçait prometteuse. Seul regret : les stagiaires devaient quitter le bar à 23 heures, bien que j'aurais aimé rester jusqu'à la fermeture.

Les roulements de travail me permettaient parfois d'ouvrir le bar le matin, pour les apéritifs, puis de servir lors du tea-time de l'après-midi. Cela me laissait du temps pour mieux connaître Stéphanie, la stagiaire de la réception. Elle était magnifique, solaire, et j'étais sous le charme… comme tout le monde, d'ailleurs. Je pensais qu'une fille aussi belle ne s'intéresserait jamais à moi. Mais, contre toute attente, un soir où nous étions de repos tous les deux, elle me rejoignit, et nous passâmes la soirée ensemble. Je buvais ses paroles et me perdais dans la profondeur de ses yeux d'un bleu transparent. La soirée fut magique, et lorsqu'elle me vola un baiser, un effet inconnu et enivrant se produisit en moi.

Quelques jours plus tard, nous avions prévu de nous retrouver à la plage. Lorsqu'elle apparut, marchant vers moi, j'étais émerveillé par son allure. Je ne m'étais pas rendu compte à quel point elle attirait les regards. Les regards envieux des autres hommes me rendaient autant fier qu'ils m'irritaient. Mais tout disparaissait lorsqu'elle s'installait à côté de moi et m'embrassait. Je passais un été merveilleux qui se termina par mon premier chagrin d'amour, un mois après que chacun retourna vivre dans sa région.

À cette époque, Laurent venait de terminer son BEP Transport et avait effectué deux mois de service militaire à Rechen, une ville frontalière en Allemagne. Il s'apprêtait maintenant à rejoindre Berlin, où il avait été affecté au service des transports d'hydrocarbures. Le mur de Berlin était encore bien en place, enfermant la ville de Berlin-Ouest au milieu de l'Allemagne de l'Est, isolée à des centaines de kilomètres de la frontière. La ville dépendait d'un ravitaillement constant par des couloirs aériens et ferroviaires sécurisés.

Berlin-Ouest était, malgré cet enfermement, en perpétuelle ébullition. Ce climat de captivité semblait nourrir une folie ambiante, comme si les gens cherchaient à échapper autrement à ce sentiment d'enfermement. Dans ce contexte étrange, Laurent nous invita à lui rendre visite. Nous prîmes un train de nuit pour Berlin. À la gare, Laurent nous accueillit et nous aperçûmes à nouveau le « rideau de fer », cette fois sous la forme d'un mur de béton. Je découvris également les premiers *Imbiss* (petits stands de restauration), les gigantesques boîtes de nuit, les *afters*, et même le concept des *brunchs* qui prolongeaient les nuits jusqu'en matinée. Nous terminions parfois nos soirées à dix heures du matin, entourés de gens que nous ne connaissions même pas. Dans ce périple, il y avait aussi Valérie, la fille des Broth, que Laurent appréciait particulièrement.

Un jour, Laurent nous organisa une traversée vers Berlin-Est grâce à une voiture diplomatique. Nous franchîmes le célèbre Checkpoint Charlie, passage contrôlé entre

Berlin-Ouest et la RDA. Dès notre entrée à l'Est, j'eus la même sensation de faire un saut dans le passé. L'artère principale de Berlin-Est, bien qu'aménagée pour servir de vitrine, contrastait fortement avec les rues secondaires, désertes et délabrées.

Avec notre plaque diplomatique, notre chauffeur restait vigilant à ne pas trop s'éloigner des zones peuplées. Deux rues plus loin, le contraste était frappant : les immeubles étaient criblés de balles datant de la Seconde Guerre mondiale, certains balcons menaçaient de s'effondrer. Les véhicules à deux temps rendaient l'air presque irrespirable, même pour nous qui étions habitués aux fumées d'échappement des camions. Quelques limousines se croisaient çà et là, probablement celles de dignitaires du parti communiste, et aucun risque de bouchons ne les ralentissait.

L'atmosphère dans notre voiture était lourde de tension. Notre chauffeur, un gradé, jetait sans cesse des coups d'œil dans ses rétroviseurs, parfois suivi par une voiture mystérieuse. Ce climat paranoïaque était alimenté par les récits sur le mur et les histoires de ceux qui avaient perdu la vie en tentant de gagner la liberté. La traversée de cette frontière renforçait pour moi la chance que nous avions de retrouver le monde libre une fois de retour au Checkpoint.

Berlin-Ouest, entourée de murs, semblait une prison dorée, vibrante, au cœur de la grande prison qu'était la RDA. Un jour, nous visitâmes la prison de Spandau, où était enfermé le célèbre nazi Rudolf Hess, ancien secrétaire d'Hitler. Ironiquement, à l'intérieur de cette ancienne forteresse, il y avait un restaurant médiéval. Le menu, rédigé sur des parchemins, offrait des plats typiques sur des tables en bois recouvertes de nappes à carreaux rouges et blancs, avec de la paille jonchant le sol. Les serveurs portaient de longs tabliers en cuir.

Lorsque le repas commença, je cherchai mes couverts en vain ; il n'y en avait pas ! La boisson, une énorme chope de bière de cinq litres à partager, rendait la tâche presque impossible sans se mouiller. Un plat unique, des côtes de porc en sauce servies sur des légumes et du chou, fut déposé au centre de la table. J'attachai la nappe autour de mon cou et empoignai une côte dégoulinante, les autres m'imitant rapidement. À un moment donné, un os de porc atterrit sur notre table, jeté depuis l'autre bout de la salle. En quelques secondes, une véritable bataille de nourriture s'engagea dans la pièce, avec des olives, des morceaux de chou, et des os qui volaient d'un côté à l'autre dans une joyeuse cacophonie.

Quand les serveurs revinrent dans la pièce, tout s'arrêta net. Le dessert marqua le début d'une nouvelle « bataille », dans un fou rire général. À la fin du repas, le patron, avec sa barbe imposante et son tablier de cuir, passa de table en table avec une petite louche d'étain remplie de schnaps d'*Obstwasser*. Pour en boire, il fallait se servir à la louche partagée avec tous les convives, une expérience qui scella la soirée de manière mémorable.

Chapitre 12

Safari au Tchad

Mon cousin Bernard, ingénieur agronome de formation, avait été affecté au Tchad pour une mission de coopération dans le cadre de son service militaire. Son objectif : aider la population locale à atteindre l'autosuffisance alimentaire. Accompagné par le gouvernement français, il parcourait la brousse tchadienne, analysant les terres pour déterminer les cultures les plus adaptées au climat rude. La mission était d'aider la population à subvenir à ses propres besoins, dans un pays encore meurtri par la guerre civile, dont Hissène Habré était sorti vainqueur mais qui avait laissé la population affamée et épuisée.

À la fin de l'année 1987, il nous proposa de le rejoindre pour découvrir l'Afrique à ses côtés. Aux premières vacances d'hiver de 1988, je me lançai dans l'aventure, accompagné de mes deux jolies cousines blondes, Marie-Claire et Élisabeth et mon frère Laurent. Nous n'avions jamais quitté l'Europe et ignorions complètement ce qui nous attendait.

Dans le vol Paris–N'Djamena, Laurent, avec son flair habituel, avait pensé à une bouteille de whisky et du coca achetés en duty-free. Nous avons siroté notre cocktail maison devant *Dirty Dancing* tout en savourant l'ambiance particulière de l'avion : chacun fumait, un nuage de nicotine flottait dans les airs. L'avion, un vieux DC-10, vrombissait à 900 km/h. Une mouche avait embarqué clandestinement. Le whisky aidant, je ne pouvais m'empêcher de penser que cette mouche détenait à présent le record de l'insecte le plus rapide.

À notre arrivée à N'Djamena en début d'après-midi, la chaleur nous frappa dès que nous descendîmes de l'avion. J'étais persuadé que les réacteurs brûlants nous soufflaient leur chaleur, mais la température sur le tarmac était encore plus intense. Trempé de sueur, je me promis de ne plus jamais boire de whisky avant d'atterrir en Afrique. Bernard nous attendait avec un pick-up Peugeot 404 Dangel d'au moins 20 ans d'âge. Deux places dans la cabine, les autres dans la benne avec les bagages. Lorsque Bernard demanda des volontaires pour monter à l'arrière, j'acceptai volontiers, espérant me rafraîchir au vent. Malheureusement, dès qu'il démarra, je fus bombardé d'air chaud mélangé à du sable brûlant.

Nous passâmes deux jours à N'Djamena pour nous acclimater et explorer la ville. Bernard nous annonça ensuite qu'il avait prévu un itinéraire qui nous emmènerait à travers le pays, pour visiter les plantations qu'il avait aidé à établir. Le lendemain matin, après avoir chargé les sacs dans la benne arrière, nous prîmes la route. Nous étions six, tous autour de 20 ans, entassés dans le pick-up pour cette expédition africaine.

À peine avions-nous parcouru quelques kilomètres qu'un camion en surcharge se retrouva coincé sous un pont. Ses passagers, installés en équilibre précaire sur la cargaison, servaient d'alerte en criant à chaque passage sous un pont trop bas. Malheureusement, certains n'étaient pas toujours assez rapides pour éviter les chocs ou ne criaient manifestement pas assez fort

Nous longeâmes le Chari, le grand fleuve du Tchad, sur une route goudronnée qui disparut bientôt pour faire place à des pistes de latérite rouge. Très vite, nous quittâmes le bitume pour rouler dans une poussière fine et volatile, en manœuvrant au mieux dans les ornières laissées par les camions embourbés pendant la saison des pluies. La nuit approchant, et le village étape prévu encore loin, Bernard décida de bivouaquer près du fleuve. Il organisa notre camp autour du feu, avec la voiture en protection.

Au crépuscule, nous entendions au loin des sons de tam-tam, et je m'imaginais déjà au menu des villageois. Bernard nous rassura, expliquant qu'il s'agissait seulement de fêtes de village et que nous n'avions rien à craindre, surtout que nous avions deux machettes au cas où. Au lever du soleil, nous reprîmes la route après un rapide petit déjeuner.

Un peu plus loin, nous rencontrâmes deux jeunes enfants en uniforme scolaire marchant au milieu de la piste. Ils se rendaient à l'école, située, apparemment, à une vingtaine de kilomètres. Nous les prîmes en stop, puis d'autres élèves montèrent tout au long du trajet jusqu'au village :

nous étions bientôt une trentaine, accrochés à la voiture comme une grappe humaine.

Au fil des étapes, les locaux nous observaient avec fascination. Bernard, avec ses cheveux blonds, provoquait leur étonnement. Pour eux, seuls les anciens arboraient cette couleur de cheveux. Dans chaque village, mes cousines, avec leurs cheveux clairs, attiraient des hordes d'enfants qui les entouraient et tentaient de toucher leur peau blanche, parfois en échange de quelques bonbons.

Lors d'une visite dans le sud du pays, Bernard nous montra une plantation qu'il avait établie. Grâce aux pompes à eau, à l'irrigation et aux outils fournis, la première récolte avait été un succès. Pourtant, en arrivant sur place, nous trouvâmes les champs à l'abandon et les pompes vendues. Le gardien, ivre mort, nous avoua que, plutôt que de travailler, la population préférait attendre les aides humanitaires. Bernard, consterné, nous expliqua que de nombreuses ressources étaient ainsi détournées au détriment des cultures vitales pour le profit de dirigeant politique peu scrupuleux, un problème soulevé dès 1962 par René Dumon, célèbre ingénieur agronome dans son livre « L'Afrique noire est mal partie ».

Notre périple nous mena jusqu'au Cameroun, où nous fûmes accueillis par des routes goudronnées, contrastant avec les pistes défoncées du Tchad. Nous décidâmes de faire une pause à Garoua, où nous louâmes des chambres confortables dans une mission protestante. Après plusieurs jours de brousse, la douche chaude était un véritable luxe. Euphoriques, nous décidâmes de fêter cela dans un bar local, où notre rencontre avec des dignitaires locaux faillit tourner au drame lorsqu'un policier ivre menaça un homme avec son arme pour nous défendre, puis tira en l'air dans la rue faisant fuir la population noctambule comme une volée de perdreaux.

Notre périple au Cameroun s'était transformé en véritable voyage touristique. Nous découvrions des paysages d'une beauté saisissante, tels que les majestueux pics de Kapsiki Rhumsiki, anomalies géologiques du nord du Cameroun. Après une nuit passée dans un hôtel équipé d'une piscine, nous avons visité le parc animalier de Waza, célèbre pour abriter le "Big Five" : lions, girafes, rhinocéros, éléphants et gazelles. Mais, il convient de rappeler que nous voyagions dans une modeste Peugeot 404 Pick-up, sans aucune conscience des risques. Bien que nous nous entassions à trois dans la cabine avec notre guide, quatre d'entre nous restaient dans la benne à l'arrière, ce qui ne semblait poser aucun problème pour le guide. Pour ma part, je me rassurais en adoptant une attitude pragmatique et en me disant, d'après les documentaires animaliers, que le prédateur s'en prend généralement à la proie la plus lente. Par chance, ce jour-là, j'avais enfilé mes baskets.

À un moment donné, notre guide nous signala la présence d'un lion, paisiblement couché sous le seul arbre visible dans l'immense étendue de savane, ajoutant qu'il avait déjà mangé. Il nous proposa de nous approcher en voiture, mais pour des raisons de sécurité, il suggéra que ceux qui se trouvaient dans la benne descendent à environ 500 mètres de l'arbre pour rester immobiles et discrets, face au vent, en plein soleil. L'idée était de faire des rotations pour que chacun puisse admirer le lion de près. Lorsque mon tour arriva, je me retrouvai au volant, face à cet impressionnant fauve couché à l'ombre. Par un réflexe idiot, je descendis légèrement la fenêtre, qui grinça fortement, attirant immédiatement l'attention du lion. Avec un rugissement terrifiant, il bondit dans notre direction. La vitre à moitié baissée, je sentais déjà l'odeur fétide de son haleine, à peine deux mètres de moi. En une fraction de seconde, mon esprit s'emplit de pensées fulgurantes : mes cousines, restées avec mon frère et Bernard dans la savane, étaient-elles hors de danger ? Peut-être aurions-nous dû les "céder" lorsque l'occasion s'était présentée ! À cet instant, une autre question se posa : le lion était-il plus rapide que notre antique Peugeot ? J'avais mes doutes, surtout après l'incident précédent où nous avions eu du mal à échapper à un éléphant solitaire qui avait décidé de nous pourchasser sur un sentier. Quoi qu'il en soit, j'étais résolu : si le lion décidait de s'approcher des jeunes filles blondes tapies dans l'herbe, je n'hésiterais pas à lui faire face avec la voiture.

Heureusement, cette mésaventure se termina sans incident, le félin prenant un virage et retourna se coucher. Nous poursuivîmes notre périple par une excursion en pirogue sur le lac Tchad, dont le niveau d'eau diminuait tragiquement d'année en année. La pollution et la pression démographique n'étaient pas étrangères à ce déclin. Ce lac, partagé entre le Cameroun, le Nigéria, le Tchad et le Niger, subissait de plein fouet la surexploitation de ses ressources. Nous avions été rejoints à bord par un vétérinaire alsacien, que je devais recroiser plus tard à Madagascar, ainsi qu'une collaboratrice venue spécialement de N'Djamena.

Après deux semaines de voyage, nous rentrâmes à N'Djamena pour prendre notre vol Air Afrique vers Paris. À l'aéroport, alors que nous étions les derniers de la file, un convoi de limousines fit irruption, déposant un groupe à l'embarquement prioritaire. Peu après, une hôtesse de la compagnie nous annonça que le vol était surbooké et que des volontaires pouvaient bénéficier d'un séjour tous frais payés au Novotel de N'Djamena, en pension complète, en attendant le prochain vol quatre jours plus tard. Acceptant l'offre, nous nous retrouvâmes ainsi à l'hôtel avec une pile de voucher repas non nominatifs, que nous n'utilisions guère en journée grâce aux visites orchestrées par Bernard : marchés locaux, centre d'équarrissage de chameaux et de mouches, base militaire et carré des officiers. La journée, nous profitions de la piscine et du bar, avant de dormir confortablement à l'hôtel.

Le dernier soir, il nous restait une douzaine de vouchers repas. Comme ils n'étaient pas nominatifs, j'ai proposé d'en profiter pour inviter six personnes, nous compris, à un dernier repas festif et bien arrosé. Ce fut un dîner d'adieu mémorable.

À l'aéroport, j'ai voulu savoir qui remercier pour ces quatre jours de "vacances" supplémentaires. On m'expliqua que ce genre de situation se produisait souvent. Cette fois-ci, un dignitaire africain, accompagné de neuf membres de sa famille, avait pris un vol comme on prend un taxi, pour se rendre à Paris à une réunion de haute importance chez Chanel et Vuitton.

Chapitre 13

Steward

À la sortie de l'école hôtelière, chacun prit un chemin différent, se dispersant aux quatre coins du pays et du monde. Peu de mes camarades restèrent à Strasbourg, et encore moins dans le secteur de l'hôtellerie. Quant à moi, je sortais depuis quelques mois avec Corine, une jolie petite blonde pétillante aux yeux bleus. Aussi charmante qu'attachante, elle avait son lot de défauts, un mélange de gentillesse et d'insupportabilité. Un jour, elle décida sans concertation de m'appeler "Bibou". Si ce surnom me faisait déjà grincer des dents en privé, il devint encore plus embarrassant en public.

Un soir, alors que nous nous baladions dans les rues animées de Strasbourg avec des amis, elle me lança un retentissant "Bibou !" depuis l'autre bout de la rue. Tout le monde se retourna, y compris mes copains, qui se firent un plaisir de me rappeler ce surnom pendant des années. Corine avait une meilleure amie, Carole, une jeune femme haute en couleur qui rêvait de théâtre, de cinéma et de musique. Carole était drôle, vive et célibataire, tout comme mon frère. Un soir, nous les invitâmes tous les deux à dîner dans un petit restaurant du quartier de la Petite France. Dès les présentations faites, ils se plongèrent dans une conversation si intense qu'ils en oublièrent presque notre présence. Quelques années plus tard, Carole épousa mon frère Laurent et devint Madame Dupuy. De leur union naquirent deux garçons, Édouard en 1994 et Charles en 1996.

Quant à moi, ma relation avec Corine ne résista pas à ses surnoms et autres facéties incessantes. Deux mois après notre rupture, je sortais avec Gabrielle, une jeune femme qui avait un adorable West Highland White Terrier. Elle chérissait son chien et rêvait de le transformer en véritable bête de concours. J'aimais bien cet animal, qui me faisait souvent rire. Un jour, alors qu'Gabrielle me demandait de le garder, je décidai de l'emmener à la chasse, pensant vérifier les dires de mon père qui affirmait que cette race était un excellent pisteur. Le chien passa la journée à s'amuser dans la forêt, au point de revenir brun de boue et couvert de petites boules de velcro végétal. J'entrepris de le nettoyer, mais en tentant de retirer ces boules tenaces, j'eus l'idée de les couper aux ciseaux. En dépit de mes efforts, j'avais un peu « dérapé » ici et là, laissant le chien avec une coupe bien loin des standards de concours. Quand Gabrielle le découvrit, son cri de stupeur fut sans appel : adieu les concours ! Moi, j'aimais bien son look de petit punk, mais, elle, ne partageait pas mon enthousiasme.

Les parents d'Gabrielle possédaient une petite maison de campagne à Hohwald, où nous passions parfois les week-ends. Son grand-père, presque centenaire, y vivait encore. Je le voyais souvent silencieux, mais un jour, je pris le temps de m'asseoir à ses côtés pour l'écouter raconter ses souvenirs. Né au début du siècle précédent, il avait traversé deux guerres, connu l'arrivée de l'aviation et de l'automobile, et enterré nombre de ses proches. Ses récits étaient captivants.

Peu après la fin de l'école, je décrochai un emploi pour la saison d'été au golf d'Illkirch-Graffenstaden, où les pourboires s'ajoutaient à un salaire modeste. Francis et Francine, les propriétaires, étaient des personnes attachantes, et ce fut une expérience enrichissante. Ensuite, je travaillai comme réceptionniste au Novotel d'Illkirch, où j'approfondis mes connaissances en hôtellerie. C'était un hôtel assez étrange, mais l'ambiance était agréable. Le directeur finit en prison pour détournement de fonds, et une directrice régionale célibataire, abandonnée devant l'autel par son fiancé, occupait un bureau à proximité.

Après plusieurs tentatives infructueuses d'échapper au service militaire, je me résolus à m'y soumettre. Grâce à l'intervention du député de ma circonscription, j'obtins une affectation à la base aérienne d'Entzheim.

Après un passage chez le coiffeur pour une coupe réglementaire, Je me retrouvai dans une chambrée de six, comprenant un comptable méticuleux, un bûcheron géant appelé Agakuk qui vivait reclus dans les sous-bois vosgiens, et une « fouine » au fait de tous les secrets. Les premières semaines furent une période d'adaptation, chacun trouvant sa place dans notre petit groupe.

Lors des grandes manœuvres, nous devions parcourir 60 km en trois jours. Le comptable, peu habitué aux efforts physiques, faiblit rapidement. Agakuk, revenu dans son élément naturel, se proposa de porter son sac, puis le comptable lui-même sur les derniers kilomètres. C'était sa façon de remercier le comptable pour l'avoir aidé à remplir des papiers quelques jours plus tôt, lui qui était analphabète. Ce geste me fit réaliser la solidarité et la force de cette « deuxième chance » que représentait le service militaire. Cela changea complètement mon regard sur cette institution qui permit à Agakuk d'apprendre à lire et à tant d'autres de recadrer leur vie.

Vers la fin de mes classes, un gradé m'a parlé d'un poste rare de steward civil au sein de l'armée, avec une formation intensive chez Air France. Seuls dix candidats étaient sélectionnés parmi deux mille postulants. Contre toute attente, j'ai réussi chaque étape, éliminant progressivement des centaines de candidats, jusqu'à atteindre la finale, où je suis arrivé onzième pour dix places.

Mais le destin m'a souri : un poste supplémentaire de steward venait d'être créé pour un poste en Polynésie, et un des dix sélectionnés a saisi cette opportunité. Le commandant m'a alors annoncé que j'intégrerais finalement la compagnie de long courrier "Estérelle", basée Villacoublay près de Versailles. J'étais ravi : j'allais découvrir le monde.

Ce nouveau départ et la distance géographique mirent fin à ma relation avec Gabrielle. Mais une nouvelle aventure s'ouvrait à moi.

La flotte d'avions de l'Estérel comprenait trois DC-8. De magnifiques quadriréacteurs long-courriers de 220 places qui pouvaient être convertis en cargos au besoin. Comme les moteurs d'origine étaient polluants et obsolètes, l'armée avait décidé de les remplacer par des CFM56, bien plus puissants. Ces moteurs étaient si performants qu'au décollage, il n'était même pas autorisé de les pousser à pleine puissance, sous peine de déformer la structure et les ailes de l'avion.

Mon premier vol fut à destination de Bangui, en Centrafrique. On est venu nous chercher tôt le matin, et nous avons été accueillis dans les bâtiments d'Air France. Après un rapide briefing, nous avons été conduits directement sur le tarmac de Roissy, au pied de l'avion. Je découvrais pour la première fois ce superbe appareil aux couleurs de la France, arborant fièrement l'inscription « République Française », et l'odeur du kérosène flottant dans l'air du matin rendait le moment encore plus marquant. Ce vol inaugural fut magique.

Mon deuxième voyage me mena à Brazzaville, au Congo. Nous avons logé à l'hôtel Fleuve Congo, qui m'a surpris par son apparence : une tour moderne, isolée au bord du fleuve. Là-bas, j'ai fait la connaissance du commandant Beaumon, un personnage atypique, véritable archétype du pilote : beau, sûr de lui, audacieux, et un brin séducteur. Dès notre arrivée à l'hôtel, il proposa une sortie en ville pour découvrir les lieux de fête, et nous nous entendîmes immédiatement. Les vols se succédaient, et j'étais enchanté de ce rythme. Nous partagions souvent les hôtels avec les hôtesses d'Air France, ce qui ajoutait à l'ambiance cosmopolite de notre quotidien.

À la fin du mois, je suis allé chercher ma solde d'appelé du contingent, m'attendant aux 462 francs habituels. À ma surprise, le comptable m'a remis près de 5 000 francs ! Quand j'ai demandé s'il n'y avait pas une erreur, il m'a répondu que non, en ajoutant même qu'il manquait 100 francs. En plus de vivre une aventure de rêve, j'étais payé. Et plus la destination était classée « dangereuse », plus l'indemnité augmentait. Nous logions dans les plus beaux hôtels.

Lors de mon premier voyage à Los Angeles, Nous descendîmes au Bayview Hotel sur Venice Beach, qui allait plus tard devenir le DoubleTree. L'État Français réservait en permanence cinq chambres pour notre équipage, en pension complète, et quand il n'y avait plus de chambres classiques, nous étions souvent surclassés. À notre arrivée à Los Angeles, un autre équipage, qui nous attendait depuis cinq jours, prenait le relais pour partir vers Tahiti.

Mon deuxième passage à Los Angeles m'a assigné à la ligne Los Angeles-Papeete. Cette mission consistait à partir avec un vol Air France trois jours avant l'arrivée de l'avion RF pour ensuite le piloter vers Tahiti et y effectuer deux rotations de quinze jours avant de rentrer en France comme passager. Lors de mon premier vol vers Papeete, c'était encore le commandant Beaumont qui officiait. Vers deux heures du matin, alors que tout le monde dormait, on m'appela d'urgence dans le cockpit. Une fois arrivé au galet avant, le rideau se ferma derrière moi. Je demandai au chef de cabine ce qui se passait. Il me répondit gravement de rester là. Soudain, la porte du cockpit s'ouvrit, et le commandant apparut, affublé d'une barbe en papier et d'une balayette en guise de sceptre. Il me demanda de m'agenouiller, puis, après un discours solennel et une légère sidération de ma part, il me fit boire cul sec un seau à champagne rempli de tous les échantillons de mignonettes alcoolisées de l'avion. Quand je me relevai, il m'adouba chevalier du « Premier Passage de l'Équateur », puis le chef de cabine me barbouilla le visage de crème à raser et de moutarde. L'alcool faisant effet, ils m'ordonnèrent de continuer le service sans me démaquiller.

Les jours suivants à Tahiti, logé au Beachcomber, furent un rêve éveillé. Le commandant Beaumon était notre « GO » autoproclamé, nous entraînant dans des soirées sans fin. Au quatrième jour, nous redécollions de Papeete pour Los Angeles, en survolant la plage de Moorea à basse altitude, ailes frémissantes, pour saluer des jeunes femmes rencontrées la veille.

Un jour, alors que je rendais visite au collègue qui avait accepté le poste de steward en Polynésie volait sur une Caravelle. Il me raconta ses mésaventures. La vieille Caravelle rencontrait régulièrement des problèmes en vol, et un jour, la batterie entra même en ébullition. La consigne dans ce cas était d'ouvrir l'escalier arrière en plein vol à basse altitude, de sortir la batterie à l'avant, traverser l'avion devant des passagers médusés puis de la jeter par-dessus bord. Logé dans une caserne et privé des conforts de nos hôtels de luxe, il n'avait qu'une hâte : la fin de son service militaire.

Je mesurais chaque jour la chance que j'avais. En plus de vivre cette aventure hors du commun, j'étais rémunéré généreusement, avec une semaine de récupération après chaque rotation de quinze jours entre Los Angeles et Papeete.

À la fin des années 1990, une nouvelle destination s'ajouta à notre programme de vols : Riyad. La guerre du Golfe nous obligeait à effectuer des rotations régulières à Riyad et King Khalid al-Asir pour assurer les relèves de personnel militaire. Bien que le président Mitterrand ait déclaré qu'il n'y aurait aucun appelé du contingent en zone de conflit, nous étions bel et bien présents, munis comme les autres de notre valise NBC (Nucléaire, Biologique, Chimique). Une médaille de guerre aurait été la bienvenue !

L'arrivée à Riyad avait un goût de luxe inouï. Dès la descente de l'avion, une limousine nous attendait pour nous conduire à l'aérogare réservée à la famille royale saoudienne, loin de celle utilisée par le peuple. J'étais fasciné par l'élégance du bâtiment, son marbre blanc, ses hauts plafonds ornés de motifs géométriques. La surprise continua lorsque, pris d'une envie d'aller aux toilettes, je découvris que les robinets étaient en or. Tout, ici, respirait l'opulence.

En route vers la ville, je fus émerveillé par la beauté des infrastructures : des autoroutes flambant neuves bordées de lampadaires tous les cinquante mètres et des arbustes soigneusement arrosés par un système de tuyauterie discret, en plein désert. En arrivant à Riyad, nous tombions souvent dans des embouteillages… mais des embouteillages luxueux où la rareté était de croiser une petite voiture comme une Clio « pas assez cher mon fils ! » parmi les Bentley, Porsche, et Ferrari.

Notre hôtel, le Sheraton, était à la hauteur de cet accueil somptueux. Logés dans des suites, nous profitions de toutes les commodités. La piscine n'était accessible aux hommes et aux femmes que durant des créneaux horaires distincts, respectant les coutumes locales. En flânant dans les rues de Riyad, j'étais intrigué par les étals : on pouvait voir des fruits, des légumes, mais aussi des bijoux en diamants et en or exposés directement sur le trottoir. Intrigué, je demandai à un habitant s'il n'y avait pas beaucoup de vols ici. Il m'expliqua que les sanctions pour vol étaient sévères et exemplaires : en cas de récidive, on pouvait perdre un doigt ou une main, et chaque premier vendredi du mois, ces sentences étaient exécutées publiquement.

Durant mon service, je passais de longs moments dans le cockpit, fasciné par le travail des pilotes qui me prenaient sous leur aile et m'enseignaient les bases du pilotage.

Lors des vols cargo, j'assistais même aux décollages et atterrissages, une expérience inoubliable ! Un jour, j'eus la chance d'assister à un vol de confirmation de commandant de bord. L'instructeur ne ménageait pas le pilote : il simulait des pannes moteur, un feu à bord… De quoi le mettre à rude épreuve, ce qui m'amusait beaucoup ! Plus tard, l'instructeur m'expliqua que l'objectif était d'entraîner les pilotes à rester lucides et efficaces dans les pires conditions.

Mes weekends, je les passais avec un steward passionné d'aviation, qui était également pilote amateur. Il m'emmenait voler au-dessus des châteaux de la Loire, un privilège que je savourais. Nous emportions souvent un pique-nique à bord : un peu de vin, du pain, du saucisson, et nous nous arrêtions sur des aérodromes pour déjeuner. Un jour, alors que nous survolions les châteaux de la Loire à basse altitude, le temps changea brusquement. Bien que la météo ait annoncé un ciel clair au sud de la Loire, un épais nuage noir apparut. Nous volions au cap et à la montre, mais le fort vent latéral nous déviait. Un appel radio d'un aéroport militaire nous rappela à l'ordre : nous étions entrés par erreur dans une zone interdite. Cet avertissement nous permit de retrouver notre position et de nous replier en suivant à basse altitude l'autoroute vers Étampes, lisant les panneaux routiers bleus pour nous guider. Après un atterrissage mouvementé, la contrôleuse aérienne de la tour nous réprimanda vivement, mais une boîte de chocolats et un dîner nous sauvèrent de la perte de licence de mon ami. Ce jour-là, je décidai fermement que je deviendrais pilote un jour.

Quand j'en parlai au chef d'escadrille, il me révéla l'existence d'une école militaire de pilotage à Cognac, accessible jusqu'à 22 ans et 6 mois dans le cadre du service militaire. À cette époque, j'avais 22 ans et 5 mois, juste dans les temps pour postuler. Mon dossier devait d'abord passer par le ministère de la Défense, puis remonter au ministère de l'Intérieur pour une enquête de moralité avant de retourner au ministère de la Défense. Malheureusement, au moment où mon dossier fit le tour des administrations, j'avais dépassé l'âge limite. Mon commandant d'escadrille avait pourtant soutenu ma candidature, mais les règles étaient intransigeantes.

Cette aventure avortée laissa en moi un goût d'inachevé, mais aussi la certitude que ma passion pour l'aviation ne m'abandonnerait jamais. Cette année-là, les vols, les expériences de vol, et ces quelques instants aux commandes de petits avions ancrèrent en moi un amour durable pour le ciel.

Chapitre 14

Fast Food

À la fin de mon service militaire, alors que la guerre du Golfe battait son plein, le monde de l'aviation commerciale vivait une crise sans précédent. La peur des attentats poussait les voyageurs à annuler leurs vols, et les compagnies aériennes suspendaient leurs recrutements, rendant impossible pour moi la poursuite de ma carrière de steward. Ma licence, valable seulement six mois sans vol, menaçait d'expirer, me forçant à envisager une nouvelle direction. C'est ainsi, un peu par dépit, que je suis retourné à Strasbourg.

De retour dans ma ville natale, je suis allé rendre visite à mon ami Franck et j'y ai rencontré sa nouvelle petite amie, Valérie. C'était une jeune femme pétillante et pleine de charme, petite par la taille mais dotée d'un caractère affirmé. Elle revenait tout juste d'Espagne, où elle s'était produite comme danseuse dans des spectacles de cabaret d'une chaîne hôtelière. Très vite, nous sommes devenus amis, et bientôt, nos semaines étaient rythmées par des soirées, des sorties et des week-ends entre amis.

Dans cette atmosphère de légèreté, je me suis mis en quête d'un emploi. Une chaîne de fast-food recrutait des futurs managers, alors, sans grande conviction, j'ai postulé. Lors de la session de recrutement, j'ai fait la connaissance de Nicolas, le fils d'un préfet, et, par un heureux hasard, nous avons tous deux étés embauchés. Nous avons commencé notre parcours au Quick de Vendenheim, où nous allions être formés pour devenir assistants managers, avec la responsabilité de gérer un centre de profit et une équipe de près de 80 jeunes, principalement des étudiants.

France Quick nous a envoyés à Paris pour une formation intensive en gestion d'entreprise. Ce programme, très pratique et axé sur le concret, m'a profondément marqué. Les techniques et les compétences que j'y ai acquises allaient me servir tout au long de ma carrière, bien plus que mes cours théoriques de l'école hôtelière. À mon retour, j'ai été nommé adjoint de direction à Colmar, dans le restaurant de la rue piétonne. Là-bas, avec une équipe de jeunes très motivés, nous remportions régulièrement les défis proposés par la direction, ce qui nous valait de belles récompenses, comme des séjours dans les Alpes où nous faisions de la motoneige, du traîneau à chiens et de la conduite sur glace. Peu après, on m'a proposé le poste de directeur tournant pour gérer les restaurants de la région en cas d'absence des directeurs. Malgré cette ascension, je commençais à réaliser que mes ambitions nécessitaient un autre cadre.

Cette même année, j'ai rencontré Muriel, une amie de Valérie. Elle était professeure de fitness à Strasbourg et incarnait la vitalité et la bienveillance. À force de la voir lors de sorties entre amis, je me suis laissé séduire par son sourire, son charme, et sa joie de vivre. Elle m'a convaincu d'essayer le fitness, et, malgré mes débuts maladroits en aérobic, elle m'a conseillé la musculation. Avec Jean-Christophe, qui travaillait chez Canon à côté du Gymnase, nous nous sommes lancés dans des séances régulières. Très vite, mes sentiments pour Muriel sont devenus plus forts. Maladroit et hésitant, j'ai ressenti pour la deuxième fois les frissons de l'amour.

Nos appartements, le mien à Illkirch-Graffenstaden et celui d'Olivier en centre-ville, sont vite devenus les points de rencontre de nos soirées. Un soir, une conversation animée sur les différences de comportements entre hommes et femmes a mené à un pari fou : pour une soirée, nous devions tous échanger nos rôles. Dès le lendemain, nous étions tous déguisés, les hommes en femmes et vice-versa. Déguisé en mondaine avec un turban et un porte-cigarette, j'étais méconnaissable. Jean-Christophe, coiffé et maquillé, portait même un tailleur et des bas résilles. Ce jeu de rôles nous a tous enthousiasmés, et nous avons fini par aller dîner dans un restaurant, où, après la surprise initiale, les autres clients se sont laissé gagner par notre folie. Jonathan, dans un élan, a même montré sa jarretière, et toute la salle s'est jointe à nous. La soirée s'est terminée dans un bar karaoké, à 4 heures du matin, alors que nous travaillions tous le lendemain.

Les étés étaient tout aussi animés. Muriel nous a invités à La Londe-les-Maures, où ses parents possédaient une résidence secondaire. Ces vacances entre amis ont été exceptionnelles. L'été suivant, j'ai emmené Muriel en

Corse, où je suis tombé amoureux non seulement d'elle, mais aussi de l'île et de la moto. Cela ne coulait pas de source, car mes parents avaient toujours redouté les deux-roues, mais c'est Franck et Valérie qui m'avaient convaincu de passer le permis moto avec Joseph, un directeur de moto école, passionné de vitesse qui possédait des Kawasaki puissantes.

C'est Franck qui a lancé la proposition, même si sa carrière de footballeur professionnel lui interdisait les sports dangereux comme la moto ou le ski. Nous avons décidé de nous inscrire chez Joseph, un passionné de moto et un moniteur au grand cœur. Pour satisfaire ses élèves, Joseph avait même investi dans des 600 Kawasaki GPX 16S de presque 100 chevaux. Avec Franck, on s'arrangeait toujours pour prendre nos leçons ensemble, partageant à la fois l'adrénaline et les fous rires.

À la fin de la formation, Joseph nous proposa une balade sur route ouverte. Ce jour-là, un débutant qui en était à ses premières leçons était avec nous. Affublés de nos chasubles orange de moto-école, Franck et moi nous ennuyions derrière ce « boulet » qui avançait à pas de tortue. Pour tromper l'ennui, on se laissait volontairement décrocher, puis on accélérait pour le rattraper. Sur l'autoroute en direction de Molsheim, Joseph, qui avait remarqué nos petites manœuvres, lança soudain dans nos radios : « Bon, les deux guignols, vous pouvez pousser une pointe, mais vous m'attendez plus loin »

À peine avait-il terminé que je mettais le clignotant, déboîtais et accélérais à fond, la tête abaissée derrière la bulle. Franck, me voyant filer, me suivit dans une course endiablée. À plus de 200 km/h, nos chasubles de moto-école se gonflaient comme des voiles. Je criais de joie sous mon casque, grisé par cette vitesse inédite. Dans notre euphorie, nous avons manqué la sortie prévue et fini par quitter l'autoroute bien plus loin, après Mutzig.

On s'arrêta, mais nos radios ne captaient que des grésillements. Franck, qui m'avait religieusement suivi, s'arrêta à mes côtés avec un large sourire moucheté. Nous attendîmes, mais personne ne nous rejoignit. Nous décidâmes alors de rentrer par les petites routes du Kochersberg, seuls et sans voiture accompagnatrice, fiers comme de véritables motards. À la tombée de la nuit, nous arrivâmes chez Joseph. Au lieu de nous sermonner, il nous accueillit avec une étreinte, soulagé de nous voir sains et saufs. Joseph était un homme exceptionnel. Qu'il repose en paix.

En hiver, notre passe-temps favori était le ski. Un jour, pris d'une soudaine envie, Franck, Olivier et moi décidâmes de partir pour un week-end de ski en Autriche, à Schruns. Sans réservation et avec seulement quelques francs en poche, nous pensions naïvement que nos cartes de crédit suffiraient. Sur place, cherchant notre chemin dans un allemand hésitant, la première personne à qui nous demandâmes de l'aide nous répondit en français, en me reconnaissant de l'école hôtelière de Strasbourg. Elle nous indiqua une pension et les bons plans du coin.

Cependant, une fois sur place, impossible de retirer de l'argent ou de changer nos francs. A cette époque, les cartes de crédit n'étaient pas admises dans tous les pays. Après un dîner copieux dans un restaurant, nous n'avions toujours aucun moyen de payer l'addition. Finalement, nous décidâmes que je resterais en « caution » pendant que Franck et Olivier se rendaient au Liechtenstein, à une heure de route, dans un casino, le seul endroit prêt à leur donner de l'argent, bien que le taux de change soit exorbitant. Ils revinrent finalement avec de quoi payer, et notre séjour s'acheva par deux jours de fête.

Le dernier soir, vers cinq heures du matin, nous fondâmes le club OCF. Olivier, récemment embauché comme commercial chez Groupama, en était l'âme ; on le surnommait « notre bonne conscience ». Avec son charisme naturel et son comportement toujours impeccable, il avait l'art de résoudre toutes les situations, qu'elles soient délicates ou houleuses. Que ce soit une dispute ou un problème inattendu, Olivier trouvait toujours une solution et ramenait tout le monde à bon port, sain et sauf. Sa galanterie et son côté gentleman, toujours prêt à tenir une porte ou à offrir sa veste, le rendaient irrésistible auprès de nos compagnes.

Il était tellement apprécié qu'il suffisait de dire « Olivier est avec nous » pour apaiser nos compagnes et obtenir leur bénédiction pour sortir. Mais Olivier perdit ce « pouvoir magique » des années plus tard, lors d'une virée mémorable à Chamonix. Nous étions partis tous les deux pour le consoler de son divorce, et ce soir-là, des années de retenue explosèrent en un tourbillon de rires, de liberté et de fête.

Roland, mon ami rencontré durant mon apprentissage, était parti dans les îles pour travailler en tant que chef de cuisine, d'abord à Saint-Martin, puis à Antigua. Juste avant de partir pour mon service militaire, j'avais pris un billet d'avion pour aller lui rendre visite. Roland me parlait souvent des difficultés à s'approvisionner en produits de qualité, ce qui compliquait la préparation de plats gastronomiques. Inspiré par ses récits, j'ai eu l'idée de monter un service d'exportation alimentaire pour des produits de luxe. Roland était enthousiaste et m'a présenté une société importatrice qui fournissait l'île d'Antigua et Barbuda ainsi que les bateaux de croisière de passage. Ainsi, j'ai quitté Quick pour lancer ma première entreprise, DDI – Dupuy Distribution Internationale.

Muriel et moi étions inséparables, elle s'installa chez moi, et je lui proposai de m'accompagner dans les Caraïbes pour une tournée de prospection. Nous rejoignîmes Roland, qui vivait dans une maison décorée avec des volets peints de motifs marins. Il travaillait dans un restaurant prisé des personnalités locales, et ce fut une aubaine pour nouer des contacts. Pendant deux semaines, entre réunions, plages et découvertes, nous avons exploré le potentiel de cette idée.

De retour à Strasbourg, je me suis organisé pour faciliter les échanges avec mes futurs clients. Comme je n'avais pas de fax à domicile, l'entreprise de transport familiale me prêta ses équipements. Un jour, un fax tant attendu arriva : ma première commande ! Des huîtres, du fromage, des fruits exotiques et de la charcuterie – de quoi faire frémir les papilles des gourmets. Je négociai avec les compagnies aériennes et les producteurs locaux, et je trouvais deux transporteurs prêts à m'aider sous condition de conditionner les produits dans des caissons refroidis à la carboglace. Lufthansa partait de Francfort et British Airways de Londres.

Je renvoyai mon devis avec une marge conséquente, et le lendemain, avec le décalage horaire, le fax revint signé, accompagné d'une lettre de crédit. Ma mère et mes amis se mobilisèrent pour m'aider. L'investissement initial en produits était conséquent, et même si j'avais quelques économies, le stress était à son comble : tant que la marchandise n'arrivait pas, le risque de perte planait. Heureusement, la première commande se passa bien, et d'autres suivirent, chaque fois plus importantes. Bientôt, je me versais un salaire, et la liberté de ce nouveau métier m'emplissait de satisfaction.

Les semaines étaient rythmées par une ou deux expéditions, que je déposais à l'aéroport d'Entzheim. Dès que les colis étaient remis, c'était la décompression, suivie de petites célébrations. Le reste du temps, je cherchais de nouveaux clients, produits ou producteurs pour répondre aux demandes variées de mes acheteurs.

Mais un jour, après avoir livré la marchandise le matin, je reçus un appel de mon client en pleine nuit, vers 3 heures du matin. La British Airways avait bien atterri, mais il n'y avait aucune trace de ma marchandise ! Les huitres, le fromage, le foie gras – tous ces produits de haute qualité – avaient disparu. Mon cœur battait la chamade : je venais de perdre 20 000 francs de produits qui m'auraient rapporté le double. J'appelai frénétiquement chaque numéro que j'avais, mais personne ne pouvait m'aider avant l'ouverture des bureaux français à 8 heures.

De 3 h à 8 h, je tournais comme un lion en cage, envisageant tous les scénarios catastrophiques. Mon client comptait sur cette commande pour un événement crucial, le « French Day », et la perte de ce client mettrait mon activité en péril.

À 8 heures précises, j'appelai la compagnie. La pauvre employée qui décrocha fut accueillie par un flot d'angoisse verbale, la déferlante de ma nuit sans sommeil. Après m'être excusé, elle lança des recherches et découvrit finalement que la marchandise avait quitté Strasbourg pour Paris, mais qu'à Paris, le camion de transfert s'était retrouvé coincé dans un embouteillage, ratant ainsi le vol vers Antigua. Quelques heures plus tard, je reçus un appel de Caracas : ils avaient trouvé mes caissons, stockés à l'extérieur, et un des caissons – celui du munster – commençait sérieusement à empester. Le munster m'avait sauvé ! Après de nombreux appels et trois vols plus tard, la marchandise arriva à destination, un peu abîmée mais toujours vendable. Soulagé après 24 heures d'angoisse, je découvris dans le miroir que mes premiers cheveux blancs venaient de faire leur apparition.

La recherche de nouveaux clients m'ouvrit les portes du monde. Lors d'un déplacement à Koweït City pour rencontrer un importateur local, j'étais logé au Sheraton, surpris par la rapidité avec laquelle la ville s'était relevée des stigmates de la guerre. Mon contact m'invita dans un restaurant discret, en sous-sol, où nous dînions entourés de quelques notables. À ma grande surprise, le serveur apporta quatre bouteilles de whisky Johnnie Walker Black Label. Intrigué, je demandai si l'alcool n'était pas strictement interdit. Mon hôte me répondit en riant que oui, effectivement, boire de l'alcool était condamnable par les hommes et par Dieu… mais qu'ici, bien protégés sous des étages de béton, ils considéraient être hors de la vue divine.

Muriel travaillait comme professeur de fitness au Gymnasium, rue de Bâle à Strasbourg, et ses cours faisaient salle comble. Elle était littéralement adulée par ses élèves, semblant presque le gourou d'une secte : dès qu'elle apparaissait, les justaucorps fluos s'agitaient comme sous l'effet d'une transe collective. Elle proposa un jour de participer aux journées portes ouvertes du club, organisées à grands renforts de publicité : affiches, spots radio, flyers et panneaux 4x3. Le patron voyait grand, espérant attirer un maximum de nouveaux clients.

Jonathan, resté en Alsace pour les beaux yeux de Jennifer, participait à l'événement avec enthousiasme. Il faut dire que la rémunération était alléchante, et les résultats dépassèrent toutes les attentes. Jonathan et moi étions les meilleurs vendeurs, et je me sentais parfaitement à l'aise dans cet univers dynamique.

Jennifer avait une tante qui possédait un club de tennis vieillissant à Strasbourg. Malgré le cadre magnifique – un vaste parc avec quatre courts de tennis, deux terrains de squash, un terrain de volley Ball, une piscine extérieure, un club-house avec vestiaires, sauna, billard et salle de musculation – le club peinait à attirer du monde. Avec Jonathan et d'autres amis, nous nous y retrouvions parfois pour jouer au tennis ou au squash. C'est lors d'une de ces parties que germa l'idée de transformer ce lieu en un centre de loisirs multisports, le plus grand de Strasbourg.

La tante de Jennifer, soulagée de pouvoir enfin déléguer la gestion de ce lieu, accepta de nous louer le centre. Nous étions quatre dans cette aventure : Jonathan, Muriel, Jennifer et moi. Notre projet : métamorphoser ce club en un véritable espace de loisirs et de bien-être. Avec l'été qui approchait, il fallait avancer rapidement. Les bâtiments avaient besoin d'une sérieuse rénovation : peinture intérieure et extérieure, entretien des extérieurs et nettoyage des espaces verts.

Les contrats étaient encore chez les avocats, en cours de finalisation, mais le climat de confiance régnant entre nous et la tante de Jennifer nous encouragea à débuter les travaux sans attendre. Les copains vinrent prêter main-forte dans une ambiance d'euphorie collective. Nous avions fixé l'inauguration et les portes ouvertes début mai, et le club prenait déjà une toute nouvelle allure grâce à notre travail acharné et aux campagnes publicitaires.

Le jour de la porte ouverte fut un triomphe : une foule immense affluait, les contrats étaient signés à la chaîne, et même nos avocats s'étaient déplacés pour assister à l'événement. Cependant, tout bascula rapidement.

Le lendemain, lors d'un dîner en famille, Jennifer, euphorique, évoqua le succès retentissant de l'événement. Parmi les convives se trouvait son cousin, un professeur de tennis qui n'avait jamais voulu aider sa mère à gérer le club. En entendant que nous avions réalisé en un week-end un chiffre d'affaires quasi équivalent à celui du club sur une année, il fut piqué au vif. Le lendemain, il s'adressa à ses parents, larmoyant, pour leur expliquer combien il se sentait lésé de voir le club entre nos mains alors qu'il souhaitait soi-disant le reprendre.

Pendant ce temps, nous continuions à développer notre centre, qui marchait à merveille. Les cours se remplissaient, les terrains étaient loués, et nous avions même ajouté une activité de badminton. Pour soulager Muriel, je donnais parfois des cours d'abdos-fessiers, ajoutant ma touche personnelle aux séances. Les week-ends, on organisait des barbecues, et chaque jour était une célébration de notre réussite commune.

Mais un malaise commença à se faire sentir. La signature des contrats était sans cesse repoussée sous divers prétextes : un agenda surchargé, des empêchements de dernière minute. Pris par le travail, nous ne voyions pas venir le piège. Au troisième report, nous appelâmes la tante de Jennifer, qui, embarrassée, nous annonça qu'il fallait discuter en personne. Lors du rendez-vous, elle et son mari nous expliquèrent que leur fils, en fin de carrière sportive, souhaitait désormais s'associer avec nous. Leur proposition ? Un partage 50/50 des parts du club.

Abasourdi, je demandai si c'était une plaisanterie. Où était leur fils quand nous retroussions nos manches pour redonner vie au lieu à la force de notre sueur et de notre sang ? Nous refusâmes le compromis, et malgré nos tentatives de négociation, aucune entente ne fut trouvée. Le mari révéla alors sa stratégie : avec son avocat, il prévoyait de demander une fermeture administrative du centre. Bien que nous ayons des droits légaux, il savait que le temps de la procédure nuirait à notre image et à notre capacité à honorer les engagements pris envers les nouveaux adhérents.

Face à cette impasse, nous prîmes la décision difficile de laisser le centre en intégralité. Les fonds encaissés couvraient juste les charges et frais de procédure, et nous signâmes un accord pour que les prestations soient honorées sans casse pour les clients. Nous quittions l'aventure, libres de toute responsabilité, mais blessés par cette expérience amère.

Ce coup bas bouleversa Jennifer, qui affronta un conflit familial majeur. La trahison divisa sa famille, ses parents et sa tante étant désormais en froid avec le cousin. Peu de temps après, Jennifer et Jonathan se séparèrent, Jennifer partant travailler au Club Med, tandis que Jonathan continua dans la vente immobilière. De mon côté, cette épreuve fragilisa ma relation avec Muriel. Sans m'en rendre compte, je m'éloignai d'elle, submergé par le travail et les souvenirs amers de cet échec.

Pour prendre du recul, Jonathan et moi décidâmes de partir au Mexique sur un coup de tête. Deux billets aller-retour pour Mexico, sans programme défini. Ce fut un voyage extraordinaire. Nous traversâmes le Mexique d'est en ouest, de la côte caraïbéenne à la côte pacifique : Veracruz, Palenque, San Cristobal dans le Chiapas, Huatulco. Chaque journée apportait son lot de découvertes et de rencontres. Plus tard, Étienne, un ami ayant vécu au Mexique, me confia combien nous avions eu de la chance d'éviter les ennuis.

À mon retour, Muriel restait la personne la plus chère à mon cœur, mais notre relation n'y survécut pas. Entre incompréhensions et rendez-vous manqués, nous nous éloignâmes définitivement.

Je me séparais et mon frère Laurent épousa Carole. De cette union naquirent Édouard, en 1994, dont je devins le parrain, puis Charles en 1996.

Cette période fut pour moi une leçon précieuse : ne jamais laisser l'enthousiasme aveugler la prudence, et garder à l'esprit que la confiance, bien que nécessaire, doit s'accompagner de précautions.

Chapitre 15

DDI

Laurent avait, comme prévu, repris les rênes de l'entreprise de transport familiale. Mon activité d'export alimentaire se déroulait au départ de la maison familiale à Bischheim, au rez-de-chaussée, où se trouvaient aussi les bureaux de l'entreprise de transport. Christine, la secrétaire d'exploitation, y travaillait depuis ses 20 ans, embauchée par mes parents à notre arrivée dans cette maison. Comme mes parents avaient déménagé à Souffelweyersheim, Laurent, sa femme Carole, et leurs deux jeunes enfants habitaient à l'étage.

Christine connaissait tout de nos vies qu'elle partageait depuis une quinzaine d'années, et elle jouissait d'une réputation impeccable dans le domaine du transport. Entre deux exportations, je prenais souvent le temps de discuter avec elle et Laurent de leurs défis. Ils me confiaient leurs difficultés à attirer des clients directs, ce qui nuisait à leur marge et aux résultats de l'entreprise. Transports Dupuy avait une bonne réputation, mais était connu uniquement comme spécialiste de la ligne Bas-Rhin–Nord de la France, un « lignard » dans le jargon du métier. Laurent m'expliquait que son principal obstacle était de trouver de nouveaux clients, notamment des entreprises nationales. Les grandes entreprises répondaient souvent qu'elles connaissaient notre société, mais qu'elles cherchaient des transporteurs capables de couvrir l'ensemble du territoire français, sans pouvoir se permettre de travailler avec une dizaine d'entreprises locales.

Ce problème résonnait pour moi avec celui des restaurateurs aux Caraïbes cherchant des produits frais en quantités insuffisantes pour commander directement auprès des producteurs. Chez DDI, en regroupant les commandes variées de différents restaurateurs dans un même conteneur, j'avais résolu le problème. Il me sembla alors qu'un concept similaire pourrait s'appliquer aux Transports Dupuy. En discutant avec Laurent et Christine, je leur suggérais de créer un groupement de transporteurs « lignards » qui offrirait aux clients une couverture nationale, avec des standards de haute qualité qui n'existaient pas chez les transporteurs généralistes.

C'est à ce moment précis que Bernard, fils d'un garagiste et transporteur de Pfaffenhoffen spécialisé dans la ligne Alsace–Luxembourg, fit irruption dans le bureau pour faire une livraison. En entendant notre conversation, il manifesta son enthousiasme et se déclara immédiatement partant pour l'idée, surtout si un partenariat pouvait couvrir son secteur. Il nous parla d'un transporteur de l'Ouest, et Laurent mentionna un ami, Maurice , transporteur pour la région parisienne. Bernard et Laurent connaissaient aussi Philippe , un transporteur du Rhône-Alpes, qu'ils proposèrent d'inclure dans ce projet. Chacun partageait la même difficulté : ils travaillaient majoritairement en sous-traitance pour des affréteurs qui les payaient 20 % moins cher que les prix qu'ils auraient pu obtenir directement.

Je pris alors rendez-vous avec un grand donneur d'ordre de la région pour évaluer l'intérêt potentiel de ce concept de réseau national de transporteurs indépendants. Après m'avoir écouté, il déclara : « C'est exactement ce qu'il nous faut : une flotte de camions assurant des départs du Bas-Rhin vers toute la France et l'Europe, avec des livraisons fiables, pour que nos équipes de montage ne perdent plus de temps à attendre. » C'était l'un des plus grands fabricants de mobilier de bureau. Le lendemain, il m'envoya une première commande de sept camions pour le nord de la France. En quelques jours, d'autres demandes pour toute la France affluaient sur notre fax.

L'activité décolla. Les transporteurs partenaires se réjouissaient : les commandes arrivaient avec des prix supérieurs de 20 % par rapport à ce qu'ils recevaient habituellement en sous-traitance. J'élargis alors le réseau pour couvrir les régions manquantes, et nous organisâmes la première réunion fondatrice de DDI Transports à Scherwiller.

Très vite, nous attirâmes de nouveaux clients, un fabricant de fenêtres, un producteur d'épices industrielles, et un géant de la chaudière allemande, entre autres. DDI Transports répondait à un besoin concret et, en moins de deux ans, nous avions triplé notre chiffre d'affaires, avec un taux de satisfaction proche de 100 %.

À tel point que l'activité d'export alimentaire, jadis centrale, devint marginale en comparaison. Un incident marqua cette transition : une importante commande alimentaire fut perdue en cours de transport, et je dus en renvoyer une copie par avion. Bien que la compagnie de transport me remboursa, l'événement me convainquit de cesser l'export alimentaire pour me consacrer exclusivement à DDI Transports. Avec le recul, je réalise que j'aurais pu revendre cette activité, mais j'étais trop pris par mes nouvelles responsabilités pour envisager cela.

Ainsi, DDI devint un modèle innovant, un réseau de transporteurs régionaux unis par un standard de qualité élevé. Pour un jeune entrepreneur, cette réussite était inespérée, et elle m'aura appris l'importance de l'entraide, de l'audace et de la confiance. Je n'avais plus de temps pour une vie privée, mon activité ayant complètement accaparé mes journées. J'avais vendu mon appartement rue des Fougères, à Illkirch, pour m'installer rue d'Adelshoffen à Schiltigheim, dans un logement plus spacieux et surtout plus proche des bureaux. Ce nouvel appartement au dernier étage d'un immeuble m'offrait aussi un certain détachement émotionnel après Muriel. Avec l'aide de mes amis, j'avais refait entièrement l'espace : un grand séjour lumineux, un immense balcon, et une cuisine neuve toute équipée en noir. J'avais aussi acheté des meubles modernes à l'usine de l'un de mes nouveaux clients et un véritable lit Pullman dans le magasin d'usine de Treca, qui venait également de me confier leurs transports.

C'est à cette période que j'ai décidé de passer mon brevet de pilote privé. Réaliser ce rêve de toujours était pour moi l'occasion de prouver que rien n'est impossible si on s'y lance vraiment. Une première visite à l'aéroclub s'est vite transformée en vol d'essai : cinq minutes après le décollage, je tenais le manche, frôlant les nuages comme si je tutoyais les anges. C'était décidé : j'allais décrocher ma licence. Une fois mon brevet en poche, je partais régulièrement pour des balades aériennes avec des amis.

Jean-Christophe, de son côté, avait changé de travail, quittant son poste où il était exploité par les frères Brof pour rejoindre Fac-Similé. Il me présenta rapidement un collègue, Marc, originaire de Mulhouse, avec qui je m'entendis bien. En parallèle, une de mes anciennes voisines d'Illkirch me présenta Isabelle et Jean-Michel. Le groupe d'amis s'agrandit rapidement, et à partir du jeudi soir, nous enchaînions les sorties jusqu'au dimanche, ponctuées des soirées tarot qui se terminaient tard chez Isa et Jean-Mi, ou de soirées foot chez les uns et les autres. Jean-Christophe avait aussi pris un appartement à Cronenbourg, où son chat, une vraie terreur, sévissait.

Un jour, de retour d'une virée shopping à Metzingen en Allemagne où j'avais trouvé des costumes Hugo Boss à prix d'usine, je passai fièrement chez Jean-Christophe pour lui montrer mon nouveau costume. À peine avais-je pris place sur son canapé que son chat sauta sur mes genoux. Alors que je le caressais tranquillement, l'animal perdit subitement la tête et me planta toutes ses griffes dans les cuisses. Sous l'effet de la douleur, je l'arrachai en le projetant à bout de bras, laissant mon tout nouveau pantalon criblé de trous. Jean-Christophe était mort de rire tandis qu'il tentait de me consoler avec une tequila.

Peu de temps après, mon père décida de remplacer son vieux Range Rover qui affichait 250 000 km au compteur, bien que l'engin fût encore en excellent état. Personne ne voulait lui reprendre le véhicule, alors je lui proposai de l'emmener au Maroc, où ce type de voiture est très prisé. Cela faisait deux ans que je n'avais pas pris de vacances, et je proposai à Jean-Christophe et à Marc de m'accompagner. Quelques jours plus tard, sans plan ni contact, nous partions pour le Maroc.

En route vers San Sebastian pour notre première nuit et une soirée tapas, Marc conduisait, lorsque je lui demandai soudain combien il restait d'essence. À peine la question posée, le moteur s'étouffa. Nous étions en panne, sans jerricane et isolés en pleine campagne. Jean-Christophe partit faire du stop pour chercher de l'essence, mais revint deux heures plus tard, éméché, après être passé par une ferme et avoir été chaleureusement accueilli par les habitants. Ce fut une première aventure dans notre périple.

Nous arrivâmes à San Sebastian juste avant minuit, affamés. Malgré notre intention de repartir rapidement, l'ambiance des bars à tapas nous captiva. Jean-Christophe découvrit même le gin kas, qu'il décréta sa boisson préférée pendant des années. Quelques heures et plusieurs verres plus tard, nous étions de retour dans la voiture. Jean-Christophe, plein d'énergie, insista pour prendre le volant et se lança vers le sud tandis que Marc dormait à l'arrière, les pieds nus dans ses santiags. Le lendemain, une pause-café s'imposa pour aérer la voiture de cette odeur écrasante.

Nous traversâmes Madrid et prîmes le ferry au Maroc. Les paysages du nord marocain étaient somptueux. À chaque arrêt, nous faisions des rencontres inoubliables. Mais après quelques jours d'exploration, à Zagora, la pédale d'embrayage céda, me forçant à manœuvrer seul la voiture en première à flanc de colline pendant que Jean-Christophe et Marc montaient à pied pour sécuriser notre passage.

Arrivés à Ouarzazate, nous trouvâmes un garagiste qui se vantait d'avoir réparé les voitures des équipes de Spielberg et Lucas sur Star Wars. Il fouilla dans une montagne de pièces détachées pour dénicher un cylindre d'embrayage compatible. Grâce à lui, nous pûmes reprendre la route, même si l'embrayage était encore fragile. Après un arrêt à Marrakech où je rencontrai Fathia, une journaliste française d'origine marocaine, qui nous fit visiter le souk, la place Djem El Fna, et bien d'autres choses, et que nous eûmes le plaisir d'accueillir quelques jours plus tard à Strasbourg, nous reprîmes la route vers Casablanca, puis vers le nord pour tenter de vendre le Range Rover. Nos tentatives échouèrent à cause d'une taxe marocaine récemment imposée sur les véhicules d'occasion.

Après un dernier incident à la frontière où le chien des douanes perdit connaissance en reniflant les bottes de Marc, nous regagnâmes Strasbourg, marqués par ce périple de près de 5 000 kilomètres. Ce voyage inoubliable nous avait liés encore plus, et chaque détour sur les routes marocaines restait gravé dans nos mémoires.

Chapitre 16

De DDI à TDI

Les affaires continuaient à prospérer : de nouveaux transporteurs avaient rejoint notre groupe, et il devenait nécessaire de structurer l'organisation. En 1995, j'ai embauché une jeune femme tout juste sortie d'une école de transport. Dès son entretien d'embauche, elle affichait une détermination et une motivation inébranlables. Dix minutes plus tard, elle était engagée. Karine resterait à mes côtés tout au long de la vie de la société. Au fil des années, elle se bâtit une réputation solide dans le domaine du transport et devint une figure incontournable de toutes nos aventures professionnelles.

Nos clients étaient très satisfaits de notre travail. Cependant, ils m'incitaient à trouver une solution pour simplifier leur facturation. Ils se plaignaient de recevoir un nombre croissant de factures provenant de divers transporteurs. Je commençais donc à étudier plusieurs dispositifs pour répondre à cette demande. Un jour, un article sur les coopératives agricoles et viticoles attira mon attention. Je me suis dit : "Et pourquoi pas une coopérative dans le secteur du transport ?"

Après quelques recherches, j'ai découvert que le système coopératif existait déjà pour le transport de bennes ou de céréales, et même dans le secteur bancaire. Le principe fondamental était simple : la société appartenait à ses clients. Et un avantage non négligeable : elle n'était pas soumise à l'impôt sur les sociétés. Cela pouvait fonctionner !

Nous allions devenir la première coopérative de transport public routier de marchandises. Mais un problème se posait : pour obtenir le statut de coopérative, il fallait une capacité de transport, que je n'avais pas encore à l'époque. C'est alors que Philippe, un personnage haut en couleur, se proposa de prêter sa licence. Il devint le premier président de la coopérative. Lors de nos réunions, Philippe parlait peu le matin, mais, en fin de journée, il nous faisait rire avec ses anecdotes et son accent alsacien marqué, ce qui rallongeait nos réunions bien tard dans la soirée.

Après de longues démarches pour faire reconnaître notre statut de coopérative, nous étions enfin prêts. Restait à trouver un nom. Les clients connaissaient notre entreprise sous le nom de "DDI," prononcé "TTI" par les Alsaciens. Je proposai alors "TDI," un nom qui resterait familier aux anciens clients tout en apportant une touche de continuité.

C'est à cette époque que j'ai rencontré Lara. Lors d'une soirée d'anniversaire entre amis, une trentaine de personnes s'étaient réunies dans un restaurant. Parmi elles, il y avait une jolie fille que je ne connaissais pas, mais qui m'avait tout de suite tapé dans l'œil. Elle était belle, et son style un peu original – une robe longue associée à des Dr. Martens – détonnait parmi les autres.

Elle captivait l'attention de tous, un vrai boute-en-train. Après le dîner, notre petit groupe s'est dirigé vers le bar « Le festival », puis nous avons terminé la soirée à la péniche, une boîte de nuit cachée derrière les ponts couverts. C'était notre parcours habituel du week-end.

À peine arrivés en boîte, la belle "Cendrillon" qu'on avait persuadée de venir avec nous dut repartir pour s'occuper de sa petite fille, Salomé, née un an plus tôt. Déçu par son départ précipité, je lui ai demandé son numéro de téléphone, qu'elle refusa de me donner. Alors, en guise de défi, je lui ai proposé de me le dicter rapidement, prétendant qu'il y avait peu de chances que je le retienne. Prise au jeu, elle me l'a dit en s'éloignant dans les escaliers. Ce qu'elle ignorait, c'est que j'associais chaque numéro à une ville ou un département et pouvais ainsi le mémoriser instantanément en visualisant un itinéraire. Une habitude professionnelle, en quelque sorte.

Peu après, lors d'un transport express pour un client alsacien, fabriquant de crèmes glacées, je me suis rappelé du numéro de Lara en suivant dans ma tête l'itinéraire : Nice (06), Marseille (13), etc. Bingo ! Lara a répondu, surprise de m'entendre. Nous avons discuté longuement et convenu de nous revoir.

Mon trajet m'a conduit à travers l'Angleterre et l'Écosse, des paysages magnifiques que je prenais soin d'admirer en choisissant un chemin différent pour le retour. À peine rentré, un autre voyage m'attendait, un aller-retour de 2000 km ! Cette fois-ci, mon frère Laurent, m'a accompagné. Peu après le nord de Londres, alors que nous étions coincés dans des embouteillages sous une pluie battante, Laurent, pressé par une envie pressante, décida de passer à l'arrière de la camionnette pour se soulager par la porte latérale. Alors qu'il commençait, le trafic se débloqua soudain, et j'accélérai. Dans le rétroviseur, j'aperçus un jet inattendu sortant de la camionnette et arrosant le côté ! Le trafic s'arrêtant brusquement, je freinais à mon tour, et la porte coulissante se referma, coupant Laurent dans son élan. Je riais aux larmes en l'entendant râler à l'arrière, et lui suggérais de plutôt se soulager tout à l'arrière du véhicule. Mais rebelote : dès qu'il commença, le trafic repartit, créant une scène des plus hilarantes en pensant aux voitures qui nous suivaient

À force de voyages, j'ai finalement délégué les dépannages à des amis, Jonathan et Nicolas. Mon dernier transport express fut pour la Chambre de Commerce italienne, quelques jours avant Noël. Un de leur camion était tombé en panne devant chez moi alors qu'il devait livrer des objets d'artisanat italien, dont une crèche de Noël, à l'ambassade d'Italie à Stockholm. Impossible de laisser passer Noël sans crèche ! Je pris donc la route pour "sauver Noël." Après un voyage fascinant à travers la Norvège et la Suède, j'arrivai à l'ambassade où l'accueil fut des plus chaleureux, comme si j'étais le "Messie" en personne. Après une nuit à l'ambassade et une visite de Stockholm, je rentrai à Strasbourg, le cœur rempli de souvenirs inoubliables.

Pendant cet hiver-là, j'avais revu Lara à plusieurs reprises. Lors d'une de nos balades, elle m'avait présenté sa fille, Salomé, une adorable petite fille avec une habitude amusante : elle tournait constamment sa tétine dans sa bouche. À mesure que les jours passaient, je voyais Salomé évoluer, s'éveiller, et son espièglerie devenait évidente. Elle commençait à parler et essayait d'imiter sa mère, qui sifflait pour rappeler son chien. Comme elle ne savait pas encore siffler, elle produisait un son unique, un petit "wiouwip", qui me faisait rire à chaque fois.

Au fil de nos rencontres, Lara me confiait ses soucis sentimentaux avec son mari. Leur relation tumultueuse atteignit finalement son point de rupture, et après une ultime dispute, ils se séparèrent. Lara emménagea alors avec Salomé dans un appartement près de la faculté de médecine, et nous commencions à passer davantage de temps ensemble. Notre relation évolua naturellement, et un jour, nous nous retrouvâmes ensemble. La situation suscita une réaction tendue de la part de son ex, qui n'acceptait pas facilement ce changement. Mais avec le temps, les tensions s'apaisèrent.

Quelques mois plus tard, Lara passait tant de temps chez moi avec Salomé que l'idée de vivre ensemble devint évidente. Salomé était une enfant curieuse, drôle, et étonnante. Elle parlait sans cesse et se liait facilement avec mes amis. Un jour, Anne-Catherine, la petite amie de Marc, était assise dans le salon ; Salomé s'empressa d'aller chercher ses brosses et peignes pour lui faire une longue séance de coiffure. Ce rituel se répétait chaque fois qu'Anne-Catherine venait, et celle-ci se prêtait volontiers au jeu. Salomé aimait aussi discuter avec tous les adultes de la maison. Jean-Michel, amusé par son esprit vif, l'avait surnommée "Mémé". Elle était adorée et gâtée par tout le monde, intégrée comme un vrai membre de la famille. Charles et Édouard, mes neveux, étaient devenus ses cousins de cœur, et ma mère, que Salomé appelait "Mamie Gâteaux", n'hésitait jamais à la couvrir de cadeaux.

Mais Salomé avait aussi un sacré caractère. Elle fit deux colères mémorables dont tout le monde se souvient, si impressionnantes qu'on aurait dit qu'elle était "possédée" ! Une fois cette période de tensions passée, notre vie de famille devint véritablement sereine et heureuse.

Peu après, je m'apprêtais à fêter mes 30 ans, et pour l'occasion, j'organisai une soirée dans un restaurant médiéval du Val de Villé. Tous mes amis étaient invités, et j'avais imposé un code vestimentaire : chacun devait venir vêtu d'une tenue d'époque. Pierre-Antoine, devenu professeur d'histoire, arriva déguiser en ménestrel et avait même révisé son vieux français pour s'exprimer tout au long de la soirée. Serge, se présenta en chevalier avec un authentique heaume et une épée à l'allure d'Excalibur. Lui et sa femme Élisabeth portaient à la ceinture une bourse remplie de pièces dorées en chocolat. Laurent et Jonathan avaient choisi des costumes de prêtres, et Jean -Christophe, en Robin des Bois, arborait fièrement un collant qui fit sensation.

La salle du bas du restaurant était entièrement privatisée pour l'occasion, et un trio de troubadours jouait des chansons médiévales au son de la viole. L'ambiance était immersive : à la manière d'un festin d'époque, nous mangions avec les mains, assis sur de la paille que le restaurateur avait disposée au sol. Les plats étaient rustiques et savoureux : une soupe servie dans des écuelles, des volailles et des cochons rôtis. Tous se prêtaient au jeu avec enthousiasme : nous improvisâmes des combats d'épée sur les tables, Jonathan nourrissait Laurent avec ses pieds, et nous dansions comme dans les bals d'autrefois. Toute la panoplie des rituels médiévaux y passait.

Aux alentours d'une heure du matin, après plusieurs plaintes des voisins, le restaurateur nous demanda poliment de partir. Nous nous entassâmes dans les voitures, déguisés de la tête aux pieds. En route, nous fîmes un arrêt pour faire le plein de carburant, ce qui provoqua un anachronisme comique lorsque les six occupants de la voiture, en habits d'époque, sortirent sous les regards incrédules des autres clients. Nous continuâmes notre nuit à La Péniche, où nos déguisements provoquèrent des éclats de rire. La soirée se termina au petit matin, autour d'un petit-déjeuner partagé avec ceux qui avaient tenu jusqu'au bout.

Le samedi, pour éliminer tous nos excès de la semaine, on partait de temps en temps faire du VTT avec Marc et Jean-Mi. Parfois, on troquait les vélos pour un match de foot le dimanche matin, juste après une nuit en boîte, histoire de ne pas perdre le rythme. On partait souvent de Saverne, direction les hauteurs, pour monter jusqu'au château du Haut-Barr et se perdre un peu dans les sentiers de montagne.

Un jour, en pleine montée, Jean-Michel crève une roue. Evidemment, personne n'avait pensé à prendre le moindre outil pour se dépanner, et bien sûr, nos téléphones étaient restés à la maison. Heureusement, Jean-Mi, régional de l'étape, connaissait bien les environs et se rappela qu'une auberge se trouvait à environ trente minutes de marche, tout en haut du col.

Arrivés à l'auberge, on s'installe sur la terrasse, pieds dans l'herbe, et on commande trois Picon-bières pour se remettre de nos efforts. Jean-Michel s'absente un moment pour appeler ses parents afin qu'ils viennent nous récupérer. Avec Marc, on remarque qu'il met un temps fou pour passer ce coup de fil… Puis, d'un coup, il ressort de l'auberge, le visage rayonnant, portant un énorme plateau de charcuterie ! Le plateau débordait de pâté de campagne, de pâté en croûte, de salade de pommes de terre, le tout accompagné de bonnes bouteilles de rouge.

Deux heures plus tard, après avoir englouti une tarte aux pommes maison et quelques digestifs, on s'est retrouvé allongé dans l'herbe, repu et légèrement ivre. À moitié endormi, je me tourne vers Jean-Mi et lui demande : "Au fait, t'as bien appelé tes parents ?" Il se met à rire, un peu gêné : "Ah, j'ai complètement oublié ! La première fois, ça sonnait occuper…"

Finalement, on a repris le chemin du retour comme on a pu, en alternant course à pied et relais pour pousser le VTT, dans un mélange d'épuisement et de fou rire.

L'été suivant, on a décidé de partir en vacances à Biarritz avec Jean-Michel et Isabelle. On avait loué une charmante petite maison près du golf, un endroit parfait pour se détendre et explorer la région. J'avais même fait descendre ma moto par camion pour l'occasion. Jean-Michel, lui, n'avait pas de moto et seulement un permis 125. Alors, pour l'aventure, je lui ai proposé d'aller en louer une à Bayonne, histoire qu'on puisse faire une balade avec les filles dans l'arrière-pays.

Deux jours plus tard, toujours partant pour une virée, je l'emmène chez le loueur avec ma Honda Transalp. Par précaution, je lui demande s'il sait vraiment piloter une moto. Il me répond, sûr de lui, qu'il a fait un peu de mobylette à 14 ans et, une ou deux fois, de la moto à vitesses avec la 50 d'un copain. Je lui réexplique rapidement les bases pour être sûr. On récupère sa Yamaha 125, et nous voilà partis dans les rues de Bayonne. On roule tranquillement ; il passe les vitesses sans problème, démarre correctement… tout semble aller.

Mais soudain, la circulation se densifie. Au feu rouge, on dépasse la file de voitures pour se placer en tête. Jean-Mi s'arrête à mes côtés, et je lui dis : "Au vert, tu mets les gaz et tu lâches l'embrayage progressivement pour ne pas gêner la circulation." Je n'avais même pas fini ma phrase que Jean-Mi, enflammé, se penche sur le guidon, les yeux fixés sur le feu. Quand il passe au vert, il lâche brutalement l'embrayage. La moto se cabre, et Jean-Mi, tel un drapeau flottant à l'arrière, les pieds traînants, part en zigzag. Paniqué, je démarre à mon tour pour le rattraper, persuadé que ça va mal finir… Et puis, par un miracle, la moto se redresse, et Jean-Mi se stabilise ! Il s'arrête quelques mètres plus loin. En le rejoignant, il relève sa visière et, avec son grand sourire, me demande : "Alors, j'étais comment ?" C'était du Jean-Mi tout craché.

Une fois à Biarritz, je propose aux filles de nous laisser, Jean-Mi et moi, faire un tour d'entraînement dans les montagnes basques avant de les emmener le lendemain pour une vraie balade. Les filles, ravies d'avoir une après-midi entre elles, acceptent sans hésiter.

Nous voilà donc partis, direction le chalet d'Iraty, pour s'attaquer aux pentes du Pays basque. Dans les montées, Jean-Michel fait rugir sa 125, et moi, je rigole dans mon casque. À mi-parcours, on commence à monter en altitude, le temps change brusquement, et la température chute. Jean-Michel, qui n'a qu'un polo et une petite veste, commence à frissonner. On s'arrête à Saint-Jean-Pied-de-Port pour une boisson chaude. En face de nous, il aperçoit une boutique de souvenirs basques et décide d'y faire un tour pendant que je passe quelques coups de fil professionnels.

Lorsqu'il ressort, je manque de m'étouffer de rire : il est emmitouflé dans une veste de berger en peau de mouton et porte des moufles en peau retournée. Je lui demande, hilare : "Mais qu'est-ce que tu vas faire avec ça ?" Il répond sérieusement : "De la moto !"

Sur le chemin du retour, le soleil refait son apparition. On s'arrête une dernière fois sur une petite route surplombant une vallée splendide, où des cochons barrent partiellement le passage. Ils ne montrent aucun signe d'intention de se pousser. Alors, Jean-Mi, soucieux de dégager la route, s'approche et donne un bon coup de pied dans le derrière du plus gros. Après un instant de surprise, l'animal se retourne, et commence à nous charger. Ni une ni deux, on court à grandes enjambées se réfugier derrière nos motos !

Finalement, on rentre à Biarritz comme deux motards aguerris, fiers et un peu éreintés. Voilà, une journée avec Jean-Mi, c'était toujours un cocktail d'aventures imprévues et de fous rires. Avec lui, même ne rien faire pouvait devenir un moment unique. Il disparaîtra tragiquement quelques années plus tard, mais les souvenirs qu'il nous a laissés sont éternels.

TDI était lancé, et les transporteurs du groupe connaissaient une belle croissance dans une euphorie générale. Certains de mes clients commençaient à parler de logistique, mais, à l'exception Maurice avec son dépôt de 3 000 m², aucun ne disposait de son propre entrepôt. C'est alors que j'ai trouvé un dépôt à vendre rue de l'Atome, à Bischheim : un bâtiment moderne de 2 800 m², isolé, chauffé, avec une hauteur sous plafond de 10 m, plusieurs quais et 270 m² de bureaux.

J'ai contacté les banques, et j'ai eu la chance de trouver un banquier exceptionnel qui a accepté de financer l'acquisition sans engagement personnel. Mieux encore, l'emprunt était adossé à un taux suisse, ce qui rendait le taux d'intérêt négatif. Forts de cette opportunité, nous nous sommes lancés. Le bâtiment était immense et complètement vide, mais j'avais six mois de trésorerie devant moi. Je me disais que si, en six mois, je ne parvenais pas à remplir ce dépôt, ce serait le signal de la fin.

Avec Karine et un alternant, nous avons déménagé dans ce nouvel espace, vaste et magnifique, mais désespérément vide. Nous disposions enfin de grands bureaux, capables d'accueillir des clients dans un cadre professionnel. Avant, les entretiens se tenaient dans la maison familiale, d'abord dans la chambre de Laurent, puis dans celle d'Édouard. Une fresque de Peter Pan ornait le mur, ce qui ne reflétait pas toujours le sérieux d'une société de logistique lors de la réception de fournisseurs !

Après quatre mois d'activité, je n'avais toujours que quelques petites commandes de stockage, et le dépôt était rempli à peine à 25 %. Pour me détendre le soir, j'avais dessiné un terrain de badminton au sol, et on s'y retrouvait avec des amis pour jouer, même au foot, quand il pleuvait.

Puis, au sixième mois, un grand magasin d'ameublement nous a contactés. Il devait rénover son espace de vente et cherchait un lieu de stockage pour plusieurs mois à proximité. Cette collaboration a permis de remplir le bâtiment et de couvrir les besoins financiers pour l'année. À peine ce contrat terminé, le dépôt d'une usine de colle dans l'Alsace Bossue, avec qui je travaillais, a pris feu. Ils avaient besoin de solutions de stockage en urgence, ce qui a permis au dépôt de tourner à plein régime, et j'ai dû embaucher du personnel supplémentaire.

Dans la foulée, j'ai commencé à travailler pour un brasseur local qui souhaitait massifier ses stocks de bière au début de la saison. En fin de saison, la Poste nous a confié la distribution des annuaires pour tout le Bas-Rhin, avec des milliers de palettes à stocker et à livrer. Puis, une grande marque de matériel de sport a fait appel à nous pour ses préparations de commandes et ses expéditions. Le dépôt s'animait de plus en plus, et le nombre de collaborateurs au bureau comme dans l'entrepôt ne cessait de croître.

C'est au milieu de cette période d'euphorie que Lara m'annonça en 1999 sa grossesse. Comme par enchantement, il semblait que tous nos amis suivaient le même chemin : Olivier et Chantal allaient accueillir Elisa puis Sébastien, Jean-Christophe et Valérie eurent Flora et Mathieu, Franck et Hélène, un petit Nicolas et bien d'autres allaient eux aussi devenir parents. Heureusement, j'avais déjà un peu d'entraînement avec mes neveux Edouard, Charles et avec Salomé, ce qui m'avait permis de me familiariser avec le rôle de parent.

À cette nouvelle, je me suis aussitôt mis en quête d'une maison, car notre petite famille ne cessait de s'agrandir, surtout avec l'arrivée imprévue de Pomerol, un adorable Golden Retriever. Cet ajout à notre famille n'était vraiment pas planifié. Cela s'est passé lors d'un retour du mariage de Serge et d'Élisabeth, à Rennes. Pendant une balade en bord de mer, j'avais dû mettre la première (et unique) fessée à Salomé, qui s'était soudainement transformée en petit démon. Lara, pour détendre l'atmosphère, proposa de faire un arrêt dans un élevage de chiens du côté d'Angers. Deux heures plus tard, nous reprenions la route avec une petite boule de poils installée à l'arrière de la voiture : Pomerol était le nouveau membre de notre famille.

À ce moment-là, Jean-Christophe et sa compagne Valérie vivaient dans une grande maison à Hoerdt que les parents de Jean-Christophe avaient fait construire, en prévision de leurs vieux jours, derrière l'hippodrome. Passionnés d'équitation, ils avaient imaginé cette belle demeure pour être proches des chevaux, tout en laissant le jeune couple l'occuper en attendant. Mais Valérie, peu attirée par la vie à la campagne, souhaitait déménager. J'ai donc

proposé aux parents de Jean-Christophe de louer la
maison, ce qu'ils acceptèrent.

Chapitre 17

Les années 2000

Pour fêter l'an 2000, nous avions été invités par une connaissance de Lara et Isabelle, rencontrée dans le milieu de l'équitation, à célébrer cet évènement dans un château en Mayenne. Tous nos amis d'Alsace étaient aussi conviés sous la devise « les amis de nos amis sont nos amis ». Trois jours avant le passage au nouveau millénaire, nous avons pris le TGV direction les portes de la Bretagne. Nous étions une centaine de personnes venues de toute la France pour ce réveillon. Pour la soirée du nouvel an, chaque groupe devait préparer un spectacle ou une animation. Dans le train, malgré quelques saucissons et bouteilles de rouge, aucune idée ne nous venait. Finalement, la veille du réveillon, en découvrant des perruques multicolores en boutique, nous avons eu une révélation : nous allions devenir des "Claudettes" alsaciennes pour une soirée de nouvelle année inoubliable.

Le mardi 18 juillet 2000, à quatre heures du matin, Lara m'annonce qu'elle a perdu les eaux. En un éclair, je prépare des affaires à la hâte. La veille, je n'avais presque pas dormi, accablé par des soucis au travail et un taux d'absentéisme élevé en ce début de semaine. Malgré la fatigue, j'étais exalté, courant dans tous les sens. Par chance, Salomé n'était pas avec nous. Une fois les affaires dans le coffre, je me précipite vers la voiture, mais Lara avait disparu. Je la retrouve finalement à l'aube, promenant tranquillement Pomerol, notre chien. "Mais qu'est-ce que tu fais ?!" m'exclamai-je. "Le pauvre, il va être tout seul aujourd'hui, et ça risque d'être long !" répond-elle calmement. "Mais on s'en fiche !" lui dis-je, prêt à laisser la maison et le frigo ouverts pour le chien si nécessaire.

Nous arrivons à l'hôpital. Esteban, notre futur fils, se fait désirer. Il est sept heures et toujours rien. Mon téléphone commence à sonner : des collègues absents au bureau, Karine en congé, des effectifs réduits dans les dépôts... une vraie catastrophe. J'appelle ma mère pour lui demander de gérer le standard. Une demi-heure plus tard, Esteban pousse son premier cri. Malgré le chaos qui régnait autour, tout s'est apaisé un instant. On l'emmène pour le laver et l'emmitoufler, lorsqu'il revient, il a changé, ayant perdu un peu de sa superbe. Lavé, il était devenu un petit bonze rose-gris-bleuté. L'idée absurde que Lara ait pu fauter avec un Schtroumpf me traverse l'esprit. Mais lorsqu'il attrape mon petit doigt avec sa main entière, je comprends que je ne le lâcherai plus jamais.

À 9h, je quittais l'hôpital en trombe pour gérer l'urgence au bureau, avec un sentiment d'amertume de ne pas avoir pu pleinement savourer ce moment. Ce fut une période de journées à rallonge, de 18 à 20 heures pour rattraper les retards.

Salomé était ravie d'avoir un petit frère. Le lendemain, je l'ai emmenée à l'hôpital pour rencontrer Esteban. Elle débordait de câlins et d'amour pour ce bébé. Cet été-là, nous avons vécu dans un bonheur simple, un cocooning tranquille. Toutefois, je notais un changement chez Lara, devenue plus protectrice et réticente à recevoir des amis. Un jour, Marc, un ami, m'a raconté qu'il était passé à l'improviste, et Lara lui avait refusé l'accès sous prétexte que les enfants faisaient la sieste. Cela me surprenait, moi qui avais toujours accueilli les amis les bras ouverts.

Côté entreprise, les choses sont rentrées dans l'ordre à la fin de l'été. Je continuais d'organiser des réunions semestrielles avec les transporteurs, parfois chez nous, parfois chez un partenaire. Une année, nous avons fait un séminaire à Carcassonne, et l'année suivante en Italie, chez un correspondant. Les résultats étaient excellents, et pour récompenser les équipes, je décidais de les inviter, eux et leurs familles, pour un séminaire en Tunisie. Nous étions 27 à partir. L'année suivante, ce fut le Mexique, puis le ski en France. Cependant, avec la croissance du groupe, des tensions commencèrent à poindre : certains cherchaient à tirer la couverture à eux, d'autres tentaient de diviser le groupe, tandis que d'autres encore se plaignaient de ne pas être inclus dans certains projets. J'étais intransigeant avec ceux qui ne respectaient pas l'esprit d'équipe, et le noyau solide resta soudé.

Au dépôt, j'avais un nouveau client coréen qui représentait une grande marque de casques de moto. Il me demanda de gérer leur stock, et je lui suggérai de recruter son propre personnel avec notre assistance pour qu'ils soient autonomes. Rapidement, les palettes affluèrent, et un an plus tard, le dépôt était presque plein. Les affaires marchaient tellement bien que j'ai dû racheter des locaux voisins pour nous agrandir.

Esteban avait six mois lorsque j'ai proposé à la famille de partir au soleil, à Saint-Martin. À l'aéroport d'Entzheim, Air France nous informa que le vol était surbooké, mais qu'ils pouvaient nous offrir la première classe et un dédommagement si nous prenions un autre vol via la Guadeloupe. Nous avons accepté, et ce furent des vacances magnifiques sponsorisées par Air France

De retour à Hoerdt, nous vivions rue des Écuries, au milieu des chevaux de course. Salomé, qui allait à l'école du village, savait déjà lire et compter, grâce à un tableau noir et à des pommes découpées en chiffres que je lui donnais pour apprendre. Elle adorait jouer à la maîtresse et faisait chaque soir la leçon, même à Pomerol !

Lara s'occupait des enfants à temps plein, et ils allaient parfois chez leurs grands-parents. L'été suivant, la sœur de ma mère nous prêta sa maison de vacances à Biot. Un jour, pendant ce séjour, j'ai reçu un appel de la directrice de « L'Officiel des Transports » m'encourageant fortement à venir à la remise des prix au château de Vincennes, laissant entendre que notre coopérative était en lice pour la Palme de l'Innovation. Je me suis décidé à rentrer par l'Italie, mais le véhicule tomba en panne en chemin. Nous sommes restés coincés tout le week-end en attendant les réparations, et j'ai finalement appris depuis notre hôtel que nous avions gagné cette prestigieuse récompense.

De retour à Hoerdt, nous étions entourés d'écuries équestres. Toutes les écuries de course étaient présentes, et chaque matin, les chevaux passaient devant la clôture du parc de notre maison, car nous étions la dernière maison avant l'hippodrome. Pomerol, notre chien, prenait un malin plaisir à se cacher derrière la clôture pour mesurer sa vitesse face aux chevaux. Il lançait le départ avec un aboiement enthousiaste, s'élançant avec détermination.

Les jours de course étaient toujours effervescents. Devant notre maison, au gré des courses, se tenait un ballet incessant de chevaux et de jockeys. Parfois, les chevaux rentraient séparément après la course : d'abord le cheval, tout fumant, qui connaissait le chemin de son écurie, suivi par le jockey, courant ou parfois boitillant, recouvert de boue. Pour revenir de l'hippodrome vers les écuries, chevaux et jockeys devaient contourner l'hippodrome par un chemin sinueux avant de tourner à gauche dans la rue des Écuries.

Il arrivait que les chevaux, surtout quand ils rentraient seuls au galop, ne parviennent pas à tourner à angle droit dans la rue des Écuries. Un jour, Lara m'appela en panique au bureau pour me dire qu'un cheval avait sauté la barrière, et que le sulky, cette petite charrette de course tirée par le cheval, avait défoncé la clôture. Le cheval faisait le tour de la maison avec le sulky en vrac, labourant le gazon. Pomerol, lui aussi en panique, courait devant le cheval, qui le poursuivait dans un vacarme incroyable. Je lui demandai si elle avait bu ou si c'était une blague. Quand j'entendis quelqu'un dire : « C'est bon, madame, on l'a maîtrisé », je compris que la situation était réelle. Tous les lads et palefreniers avoisinants avaient accouru pour maîtriser le cheval, qui heureusement n'avait que des écorchures superficielles.

À mon retour, c'était le chaos. Quelques mètres de clôture avaient été arrachés dans le jardin, des sillons marquaient le gravier de l'allée principale, et le jardin était devenu un champ de patates. Pomerol était prostré sous la table. Quelques jours plus tard, tout était remis en ordre.

Lara, qui avait pratiqué l'équitation dans sa jeunesse et avait obtenu son Galop 5, commençait à exprimer son envie de remonter à cheval. Après en avoir discuté avec nos voisins, elle s'inscrivit à quelques cours en manège. Les mois passèrent et Salomé se mit elle aussi à monter… mais sur un poney. L'équitation envahissait progressivement notre quotidien, au point que même la viande de cheval, traditionnellement cuisinée en Alsace, devint un tabou strict à la maison !

Puis un jour, Lara évoqua l'idée d'acheter un cheval pour nos balades et pour Salomé. Elle avait entendu parler d'une jument de 7 ans, Suera, qui avait été blessée à un tendon lors d'une course et qui, après six mois de rééducation, était mise en vente. Quelques semaines plus tard, nous nous retrouvâmes en Allemagne pour rencontrer cette magnifique créature. Suera était impressionnante : un immense cheval alezan, calme et majestueux. Lara monta la première, enthousiaste, et la jument répondit élégamment à toutes ses demandes. Salomé fit un tour également, sous mes regards nerveux, et tout se passa bien. Puis, à ma grande surprise, on me proposa de monter.

Ma seule expérience équestre remontait à une promenade sur la plage, et les chevaux y étaient si fatigués que marcher aurait été plus rapide ! Une fois hissé à l'aide d'un escabeau, je m'essayai au trot. Ce fut un véritable calvaire pour mon derrière, et un divertissement pour tous les spectateurs autour.

De retour à la maison, les filles insistèrent pour qu'on adopte Suera. Après des jours d'arguments passionnés, je cédai, à la condition que je n'aie pas à m'occuper de l'animal. La semaine suivante, Suera intégra une écurie voisine. Cependant, dès sa sortie du camion, je remarquai son agitation. Elle était nerveuse, presque incontrôlable. Lara tenta de me rassurer, évoquant le stress du voyage et le nouvel environnement, mais la jument restait en alerte permanente.

Un voisin nous expliqua que Suera avait passé toute sa vie d'adulte dans le monde des courses et que l'ambiance des écuries ravivait son passé. Un jour de compétition, le claquement du starter provoqua une réaction si violente qu'elle traversa son box. Avec le temps, Lara dut admettre que la jument était devenue trop dangereuse pour elle, et c'est ainsi que je pris la décision de m'en occuper.

L'automne bien entamé, j'enfilai mon blouson de moto, mes gants et mes bottes, prêt à apprivoiser Suera. Lara la harnacha et m'aida à monter. Nous partîmes pour une balade tranquille, Lara marchant à côté pour tenir la jument. Tout se passa bien, et petit à petit, elle me laissa la contrôler seul, suivant à vélo. Plus on s'éloignait de l'hippodrome, plus Suera se détendait.

Je pris goût à nos balades, mais le froid grandissait, et je sentais le besoin de varier les allures. Avec les conseils de Lara et d'un voisin, j'appris à trotter, malgré les secousses qui malmenaient mon équilibre. Après avoir maîtrisé cette vitesse, l'idée du galop commença à m'attirer.

Arriva le jour fatidique. Équipé de mon écharpe, bonnet et tenue de motard-cavalier, je lançai Suera au galop sur un chemin de gravier. D'abord, elle prit un petit galop tranquille, et je me disais, soulagé, que ce n'était pas si terrible. Mais soudain, ses oreilles se rabattirent, sa tête s'abaissa, et elle accéléra en une poussée fulgurante. Je tirai sur les rênes, mais cela ne fit que redoubler son ardeur. Elle fonçait à une allure terrifiante, transformée en véritable bête de course. Sentant que je perdais le contrôle, je pris la décision de la diriger vers une prairie pour amortir une éventuelle chute. À pleine vitesse, je tirai sur une rêne en me penchant, espérant la faire tourner. Elle finit par ralentir en décrivant un cercle de plus en plus serré. À l'arrêt, je descendis, encore secoué, pour me calmer. Une fois prêt à rentrer, je me rendis compte que je ne pouvais remonter sans un escabeau ou de l'aide. Je tentai de hisser mon pied avec difficulté, et en forçant, je lui assénai malgré moi un coup involontaire qui la fit avancer. Me retrouvant accroché à la selle, je la suppliai de s'arrêter. Heureusement, elle se calma. À bout de forces, je finis par marcher les 10 kilomètres de retour, mes adducteurs en feu, prenant conscience de pourquoi John Wayne marchait avec cette allure si caractéristique. Ce jour-là, je découvris que l'équitation, bien plus qu'une simple balade, demandait une endurance et un contrôle de soi insoupçonnés.

Avec l'arrivée d'Estéban et les malaises de Lara en avion, je ne volai plus beaucoup. Mon dernier vol avait été une visite à Mulhouse chez les parents de Lara. J'avais promis à Salomé de l'emmener faire un tour en avion. Malgré la réticence de Lara, je tenais à honorer ma promesse. À peine le moteur en route, Salomé s'endormit. Nous décollions de Strasbourg Polygone pour atterrir à Mulhouse Habsheim. Pendant tout le vol, Lara faillit vomir. À destination, Salomé se réveilla. En voyant l'avion arrêté et le moteur silencieux, elle s'écria : « Mais tu m'avais pourtant promis ! » J'étais désespéré et ça s'enchainait. Lara ne voulait pas faire le chemin retour en avion. C'est alors que je me souvins que Marc était aussi originaire de Mulhouse. Je lui téléphonai et nous convenions de nous retrouver l'après-midi à l'aéroport. Coup de chance, il était descendu en voiture avec sa copine Anne-Catherine pour rendre visite à ses parents. Les filles rentreraient en voiture et les garçons en avion. Sur le chemin du retour, je cédai les commandes à Marc, qui ferait sa première initiation en tant que pilote.

En 2003, Arrivé à un point de non-retour Lara et moi décidions de nous séparer. Je prenais un appartement place Kléber, au cœur de Strasbourg, tandis qu'elle déménagea ailleurs en ville. Fini la vie à la campagne et les matinées au rythme des chevaux.

Au fil des années, Salomé et moi avions tissé une véritable complicité affective. Or la séparation menaçait de nous éloigner. Bien que je n'aie aucun droit officiel de garder un lien avec elle, Salomé, du haut de ses huit ans, décida de ne pas se priver de notre présence. Elle vint nous retrouver chaque week-end, affirmant ainsi que nous faisions, Esteban et moi, partie intégrante de sa famille. Et ce lien ne s'est jamais démenti. Esteban est le frère de Salomé, Salomé est la sœur d'Estéban, et je les considère tous deux comme mes enfants. J'ai toujours veillé à les traiter également et les aime profondément, chacun d'une affection unique et entière. Ainsi, malgré les changements, nous restions unis, soudés par les liens du cœur.

Une nouvelle vie pouvait commencer….

© 2025 Christian DUPUY
Édition : BoD · Books on Demand, 31 avenue Saint-Rémy, 57600 Forbach, bod@bod.fr
Impression : Libri Plureos GmbH, Friedensallee 273, 22763 Hamburg (Allemagne)
ISBN : 978-2-3225-7283-0
Dépôt légal : Février 2025